NOUVEAUX

APOLOGUES

NOUVEAUX

APOLOGUES

PAR

PAUL CHAREAU

⸺⸺⸺❧⸺⸺⸺

PARIS

PARMANTIER, LIBRAIRE-EDITEUR,

GALERIE DELORME—SAINT-HONORÉ.

—

1857

AU

COMITÉ CENTRAL DES ARTISTES

Son Président :

PAUL CHAREAU.

AVANT-PROPOS.

Depuis un demi-siècle, que n'a-t-on pas dit, écrit, imprimé, publié contre les langues anciennes? D'imprudents novateurs, ceux-là même qui doivent leurs succès littéraires aux études sérieuses de ces langues, aux préceptes laissés par les plus illustres rhéteurs de l'antiquité, en ont été les plus fougueux adversaires. N'ont-ils pas poussé l'exaltation ou le délire jusqu'à demander que l'étude de ces langues fût exclue du programme universitaire? Et cependant, que de richesses extraites de ces mines précieuses! Que de mots nouveaux, que d'expressions heureuses, que de formes élégantes ou hardies, sont venus ajouter, depuis le dix-septième siècle, aux richesses qu'avait déjà conquises la langue de Bossuet et de Racine! Un moment altérée par l'effet des plus violentes secousses de

nos mouvements politiques, la langue française, secouant
peu à peu le joug que lui imposèrent la violence et la pas-
sion, a repris avec calme la route qu'elle avait laborieu-
sement suivie jusqu'à la fin du dix-huitième siècle. Semblable au fleuve qui, soulevé par la tempête, reprend
bientôt le cours majestueux de ses eaux grossies par de
nombreux affluents et dont, malgré l'augmentation de volume, la surface demeure paisible, la langue française est
enfin ramenée dans la voie féconde où l'ont si heureusement engagée les amis d'une sage progression.

Quoique soumise à de nombreuses oscillations, l'Université rétablie, régénérée par un génie doué des plus immenses facultés, l'Université réglant le cours normal de
l'instruction publique qu'elle a basé sur l'étude des langues
anciennes, a rendu à la langue française son brillant éclat ;
elle l'a garantie de l'effet terrible des révolutions, qui, lors-
qu'elles modifient subitement le langage, sont bien plus
un symptôme de décadence qu'elles ne sont un signal
d'affranchissement, un témoignage de progrès.

Jamais époque plus que la nôtre ne fut illustrée par un
aussi grand nombre d'historiens célèbres. Et cependant il
n'est pas un d'eux qui n'ait compris l'importance de revê-
tir ses intéressantes narrations d'une forme que leur a, en
quelque sorte, inspirée la connaissance des grands historiens de l'antiquité; il n'est pas un d'eux qui, malgré le
prestige d'un brillant coloris, ne se soit asservi à l'élégante

pureté dont la langue française s'est enrichie en puisant aux sources de la littérature grecque et de la littérature romaine.

Que l'Université, dont je n'ai point à juger les actes, dont je n'ai point à discuter les restrictions ou les formes réglementaires; que l'Université maintienne l'École normale, son honneur et sa gloire; qu'elle conserve à la République des lettres, cette pléiade de jeunes et brillants athlètes mûris à l'école de l'antiquité, et la langue française n'aura point à redouter la horde des barbares littéraires dont les clameurs impuissantes se résument par ce cri : *Qui nous délivrera des Grecs et des Romains!*

Grâces lui en soient rendues! grâces encore soient rendues au bon sens, au bon goût, à l'art! On ne nous délivrera pas plus de la poésie, contre laquelle d'autres clameurs aussi impuissantes que les premières protestent inutilement chaque jour.

En dépit de l'éloignement ou de l'indifférence des uns, du silence ou du dédain des autres, la poésie qui remonte à l'origine de la création, vivra autant que le monde, parce qu'elle est la sauvegarde des langues dont elle conserve aussi le génie et la pureté.

D'où viennent d'ailleurs cet éloignement, cette indifférence, ce dédain? Il ne me convient pas d'en exposer toutes les causes. Le sujet est si vaste, que ce n'est point ici le lieu de le traiter dans toute son étendue. Les préoccupa-

tions financières et industrielles ¡qui semblent être un besoin de l'époque, les habitudes de la jeunesse qui s'é-
cartent de plus en plus des fécondes et heureuses distrac-
tions de l'esprit; les abstractions des nouveaux philosophes
qui dédaignent tout, si ce n'est la discussion de leurs sys-
tèmes et de leurs formules; l'indifférence de la Presse périodique qui admet rarement dans ses colonnes quelques
extraits des poëtes en réputation, voilà, il me le semble,
quelques-unes de ces causes qui paraîtraient suffisantes
pour détourner les poëtes de toute production, si la voca-
tion et l'inspiration ne les portaient à franchir les bar-
rières les plus insurmontables pour faire au moins vibrer
quelques sons , dussent-ils ne pas produire instantanément
plus d'effet que le javelot du vieux Priam.

Et à propos de cette double répulsion, de cette persé-
cution sinon organisée, au moins avouée contre les plus
célèbres écrivains et les poëtes modernes, n'est-il pas une
réponse péremptoire, réponse, à mon sentiment, sans ré-
plique. Deux de nos meilleurs poëtes, l'un récemment
admis dans le sénat académique, l'autre dont la place y est
marquée : MM. Ponsard et Émile Augier, n'ont-ils pas, en
faisant représenter avec un immense succès *Lucrèce* et la
Ciguë, réhabilité le passé glorieux que l'on voudrait effacer
de notre souvenir et vengé la poésie de l'abandon auquel
l'ont vouée d'imprudents novateurs, des philosophes scep-
tiques et de nombreux ignorants?

De ce que je viens de dire, il ne faudrait pas conclure que, rigoureusement exclusif, je n'admette pas l'importance de certaines modifications; que je ne reconnaisse pour vrais, certains et invariables, que les principes tirés des traditions grecques et romaines; et que je me déclare l'adversaire systématique des innovations justifiées par les usages, les mœurs et les circonstances.

Le génie crée et n'imite pas; il dicte souverainement ses lois. Aveugle et insensé qui ne veut ou ne sait s'y soumettre! Mais entre une transformation subite et bizarre, et la lente progression admise par tous les amis des lettres, il y a toute la distance du beau au laid, de la force à la violence, d'une sage liberté à une licence effrénée.

Qu'un ouvrage soit imité de l'antiquité ou qu'il soit de création nouvelle, que la pensée s'exprime en prose ou se traduise sous la forme poétique, qu'importe à l'homme de science, de goût, d'esprit? Si le but est utile, si la langue et la morale sont respectées, pourquoi frapper de répulsion ou d'ostracisme une œuvre qui n'a d'autre tort que de rappeler les grands faits du passé ou d'envelopper la pensée, le précepte fécondant dans une forme métrique plus ou moins saisissante?

Mais à quoi bon dira-t-on cette digression? Est-elle ici nécessaire?

Je vous fais juges, lecteurs, de son opportunité.

Si je n'ai pas à excuser la forme que j'ai choisie pour

la publication dont ce volume est l'objet, j'ai au moins à l'expliquer non aux indifférents et aux dédaigneux, mais à ceux qui, par intérêt même pour la poésie, ne repousseront point une œuvre modeste où le poëte d'ailleurs en proclamant son insuffisance, ne réclame de leur bienveillance qu'une preuve d'intérêt.

L'Apologue, dit le *Dictionnaire de l'Académie,* est « un petit récit d'un fait vrai ou fabuleux, dans lequel on a pour but de présenter d'une manière indirecte une vérité morale et instructive. »

« L'Apologue, disent à leur tour les Encyclopédistes, est un court récit qui couvre une vérité du voile de l'allégorie. »

Dans ces deux définitions, qui se complètent, est toute l'idée de mon livre.

Ce sont donc de *Nouveaux apologues* dont je hasarde la publication. Je les soumets à l'appréciation de la critique, quelle que soit la faiblesse de la forme que j'ai adoptée; mais je réclame en leur faveur la bienveillante indulgence des amis fervents et fidèles de la poésie.

Il y aurait eu de ma part une excessive témérité à donner le titre de *Fables* à ces légers récits, qu'une circonstance imprévue, quoiqu'elle date d'assez loin, a fait éclore.

— A moi, dont le nom n'a encore été l'objet d'aucune distinction; à moi qui, pendant de longues années, me suis fait l'humble et ignoré serviteur de la Presse quotidienne, convenait-il d'usurper un titre auquel, après La Fontaine, Florian, Arnould, les Jussieu, les Viennet, les Lachambaudie, les Halévy ont des droits incontestables ?

Quoi qu'il en soit, et puisque l'inimitable La Fontaine, a, comme il le dit lui-même, laissé à glaner dans le vaste champ de l'Apologue, où il a fait de si belles et de si abondantes moissons, j'ai ramassé, glaneur timide et craintif, quelques maigres épis tombés de la riche gerbe du maître. Ce sont ces produits délaissés que j'ose exposer au grand jour de la publicité.

Mais que mon lecteur me permette, pour le repos de ma conscience et pour la justification de mon extrême témérité, de lui faire connaître les circonstances qui ont déterminé cette publication.

En 1842, je me trouvais à Bruxelles. C'était l'époque de l'exposition quinquennale des produits de l'industrie belge. Chargé de rendre compte de cette exposition, j'eus la bizarre idée de doubler mon travail et d'écrire en vers ce que j'avais d'abord écrit en prose. Quelques-uns de mes amis, auxquels je communiquai cette prose rimée, m'engagèrent à la publier, c'est ainsi que parurent les *Inspirations belges* (1). Au nombre de ces amis se trouvait un homme dont la Belgique conservera le souvenir et dont les lettres déplorent la perte, le baron de Stassart, membre correspondant de

---

(1) Méline et Cans, Bruxelles 1842.

l'Institut et président de l'académie des beaux-arts de
Bruxelles (section des lettres).

M. le baron de Stassart, auteur de fables charmantes,
qui ont eu à Paris et à Bruxelles plusieurs éditions, ayant
applaudi à mes premiers essais dans l'Apologue, je lui fis
l'hommage d'un de ceux qui se trouvent dans le volume
que je publie aujourd'hui ; c'est le plus faible peut-être,
et je ne me suis décidé à le joindre aux autres que
par respect pour la mémoire de l'homme d'Etat et
de l'homme de lettres qui m'adressa, au sujet de cet envoi,
quelques vers où le cœur et l'esprit rivalisaient de finesse
et de bienveillance. J'aurais désiré faire précéder *Un
cercle du jour* des quelques vers qui en formaient la
dédicace, j'ai préféré les transcrire ici pour payer une dette
de cœur à la mémoire de l'excellent citoyen et du poète
éminent.

Voici ces vers :

Favori de l'apologue,
Aimable et savant conteur
Dont le piquant dialogue
N'a jamais blessé le cœur ;
Toi qui du grand fabuliste
As découvert le secret ;
Toi qui par le moindre trait
Deviens un grand moraliste ;

Reçois le chétif enfant
Dont me rend père ma muse.
Tu lui seras bienveillant,
Sa faiblesse est mon excuse ;
C'est un pastiche nouveau,
Un petit conte éphémère
Auquel il manque pour plaire
La grâce de ton pinceau.

Encouragé par le bon accueil fait à mes premiers essais, parmi lesquels sont encore les apologues : *La Famille*, *Le Poêle et la Cheminée*, *Une Mauvaise connaissance*, qu'on lira plus loin si l'on veut bien feuilleter ce volume, et qui datent aussi de mon séjour à Bruxelles, je continuai, dans les loisirs que me laissaient de plus sérieux travaux, à traiter de nouveaux sujets, et je suis arrivé, tantôt en puisant à mon propre fonds, tantôt en m'inspirant de sujets traités par mes devanciers, à compléter la collection de ces *Nouveaux apologues*.

C'était beaucoup d'avoir conquis le suffrage d'un littérateur remarquable par son goût et son talent, ce n'était pas assez pour me rassurer contre l'éventualité d'une publication dans le foyer brûlant de la presse parisienne.

Mes premières tentatives de publication par extraits, dans un des grands journaux de la capitale, ayant été vaines, le refus d'insertion m'eût donné la plus triste idée de mes œuvres légères et de leur auteur, si la bienveillance empressée des rédacteurs d'un des plus anciens organes de la presse parisienne, et surtout de l'un d'eux, n'eût relevé mon espoir. Du jour au lendemain, quelques-uns de mes apologues parurent dans leur journal, précédés de quelques lignes des plus flatteuses, et signées d'un nom, hélas! effacé trop tôt de la liste des vivants, mais profondément gravé dans la mémoire et dans le cœur de ceux qui cultivèrent l'amitié et surent apprécier l'élévation des sentiments, les qualités du cœur et de l'esprit d'un des plus honorables et des plus dignes représentants de la presse quotidienne (1).

Depuis, d'autres organes de la presse périodique ont aussi offert à mes apologues la généreuse hospitalité de leurs colonnes; dans quelques salons l'empressement à entendre mes faibles productions, et les témoignages du vif intérêt que m'ont accordé de nombreux auditeurs, telles sont les causes qui m'ont fait hasarder une publication périlleuse et dont je ne me dissimule pas la gravité.

Homme de la presse, je sais à quelle rude épreuve je livre l'auteur de ces légers récits et ces récits eux-mêmes. J'abandonne le premier et les derniers à la critique, dont je reconnais tous les droits. Convaincu de son indépendance, je ne lui demande, sous le bénéfice d'une longue confraternité, que de m'imposer un absolu silence, ou de

(1) Voir la *Gazette de.France* du 22 mai 1855.

m'aider de ses conseils si elle juge que je ne me suis pas
égaré dans une route, — ce sera mon excuse si je me suis
abusé, — dans une route, dis-je, où le cœur a souvent
guidé mes pas.

Je l'ai dit plus haut, la plupart de ces apologues sont
de mon propre fonds, les sujets des autres appartiennent à
des auteurs allemands et particulièrement à Lessing, dont
je n'ai pas, je l'avoue, dans beaucoup de cas, respecté la
brève concision. D'ailleurs, on le sait, c'est en prose que
Lessing a écrit ses fables, prétendant que l'apologue doit
éviter le secours de l'ornement.

J'ai suivi en cela l'exemple de quelques-uns de nos fabulistes contemporains. C'est sur le texte original même que
j'ai fait mes emprunts, et je ne consigne ici cette observa-
tion que pour ne pas encourir le reproche que pourrait,
par exemple, m'adresser M. Halévy de m'être aidé de sa
traduction du *Buisson*, de Lessing, qu'on trouvera dans
mon recueil sous ce titre la *Calomnie*, et que j'avais moi-
même traduit en 1840, ainsi qu'il me serait facile d'en
justifier.

Un reproche plus fondé pourrait m'être adressé, celui
d'avoir dépassé, dans quelques-uns de mes apologues, les
limites du genre. Je confesse volontiers ce tort, et je n'hé-
siterais pas à réclamer de mes Aristarques futurs un bill
d'indemnité si, de notre temps, comme de celui d'Horace,

mais avec les justes restrictions de l'ami de Mécène et d'Auguste, on n'accordait au poète :

Quœlibet audendi. . . . . *œqua potestas.*

L'étendue que j'ai donnée à quelques-uns de mes récits est, je le sais, contraire à la brièveté, à la concision qu'il est de règle d'observer pour la fable. Mais, j'aime à le répéter, je n'ai point la prétention de prendre rang parmi nos fabulistes contemporains. En essayant la portée de mes forces, j'ai reconnu mon impuissance à reproduire la piquante originalité, la verve inépuisable, la spirituelle saillie du plus fécond de nos modernes fabulistes; elles m'ont paru insuffisantes pour rivaliser avec la grâce charmante et le brillant coloris d'un autre de ces poètes. Incapable d'entrer en lice avec aucun de mes devanciers, j'ai demandé mes inspirations au cœur et à la raison, et, appelant à mon aide la fiction et l'allégorie, j'ai cru trouver le moyen, en donnant ainsi plus d'essor à ma pensée, de la rendre plus saillante.

J'ai exposé avec sincérité mes propres impressions sur le travail que je livre à l'appréciation publique; j'en ai indiqué l'origine, et je me suis prévalu, je l'avoue, d'une certaine liberté d'action, subordonnée néanmoins, à la prudente réserve qui doit toujours exclure les écarts d'une licence condamnable.

Que ces récits, ces fictions, ces allégories soient strictement dans la mesure et dans les règles de l'Apologue, je ne puis ni ne dois l'affirmer. Si, parfois, mes récits prennent, ainsi que j'ai déjà eu l'occasion de le faire remarquer, une extension inusitée, c'est que j'ai toujours été guidé par le désir de paraître bien plus un observateur qu'un moraliste, bien plus narrateur que critique.

Mon livre fait son apparition, dépourvu de l'appui d'une de ces sommités littéraires dont le nom, s'il n'est un gage de succès, devient au moins un titre à l'attention du lecteur. On ne prête, dit-on, qu'aux riches, et je suis si pauvre d'antécédents littéraires qu'il y aurait eu, de ma part, excessive témérité de solliciter une recommandation authentique à laquelle je ne me reconnais aucun droit.

Cependant je ne veux pas terminer cet appendice sans payer un tribut de cordiale gratitude à l'un des littérateurs de notre époque, qui, dès ses premiers débuts, a conquis dans la carrière des lettres de nombreux et brillants succès, à Frédéric Thomas, le savant et spirituel auteur du *Courrier du Palais* dans l'*Estafette*, l'auteur des *Petites Causes célèbres* si recherchées et lues avec tant d'intérêt, recueil où l'érudition du légiste s'allie à la forme la plus pure et la plus saisissante. Frédéric Thomas a soutenu de ses conseils et de ses encouragements ma force quelquefois défaillante; il a stimulé mon énergie et ma persévérance, et je dois, sans doute, à son insistance d'avoir complété la série des récits que renferme ce volume.

Un autre de mes amis, dont les observations m'ont été précieuses, a lu avec moi la plupart de ces apologues. Il verra que j'ai mis à profit ses judicieuses remarques. N'est-ce pas dire qu'il a droit aussi à ma vive gratitude?

Ces dettes du cœur payées, je me livre tout entier à la critique et à mes lecteurs : que la première me soit légère, et que les derniers me soient indulgents !

PAUL CHAREAU.

PROLOGUE

—⁓⊙⁓—

BLANC ET NOIR.

———

Assis à l'ombre d'une treille
Où pendaient raisins blancs, raisins à peau vermeille,
Deux vignerons causaient en buvant du clairet;
    Et rapidement la chopine
    A la chopine succédait.

    La chose entre eux qui s'agitait,
Je la donne au plus fin; rusé qui la devine!....

Ils causaient blanc et noir. — Eh! vraiment, dira-t-on,
Si ce n'est de son vin, de quoi le vigneron
    Peut-il causer en bonne conscience?
    — De celui qui le boit, je pense! —
    Et c'était la chose, en effet,
Dont nos deux vignerons causaient au cabaret.

Compère! disait l'un, tu veux m'en faire accroire!
Malgré tes beaux discours, pour moi, la race noire
De notre race blanche est le calque imparfait;
D'un grand et beau tableau la première est le trait,
     La seconde en est la peinture.

     L'argument était de nature
   A faire réfléchir le second vigneron,
     Qui, se mettant l'esprit à la torture,
Ne pouvait, pour répondre, en tirer rien de bon.

Il cherchait vainement en se grattant l'oreille,
Quand ses regards se portant sur la treille,
        Son front longtemps soucieux
        S'illumina, devint plus radieux
   Que s'il eût ceint la couronne civique :
        Notre homme tenait sa réplique.

     — Ouvre la bouche et clos les yeux,
   Se hâta-t-il de dire à son compère.
— J'y suis, fit celui-ci, mais toi, que vas-tu faire?
     — Dans un moment tu le sauras!

Qu'est ce fruit que je place en ta bouche entr'ouverte?
     — Parbleu! La belle découverte!

C'est du raisin et du fin chasselas!

   — Et cet autre fruit, mon compère?

— C'est encor du raisin, de la vigne au gros Pierre,

   Celui qui fait de si bon vin.

   — Ferme la bouche, ouvre les yeux, voisin.

Maintenant, entre nous la chose devient claire :

Le chasselas, le fruit de la vigne au gros Pierre,

   A ton avis sont tous deux du raisin ;

   Tous deux font-ils aussi du vin ?

— Assurément! — Et, si l'un de l'autre diffère,

D'où cela provient-il? — De la couleur, compère !

   — Ta réponse est, voisin, d'un homme intelligent;

Elle vient couper court à notre différend :

Qu'on soit ou nègre ou blanc, on est toujours un homme,

On a le même cœur et le même cerveau,

Et, comme le raisin, on ne diffère, en somme,

   Que par la couleur de la peau.

   D'une chronique de village

   J'ai tiré ce simple récit,

   Dont tout autre, avec plus d'esprit,

   Eût fait une meilleure page.

Je le transcris ici, lecteur,
Et sous la forme de prologue,
Pour te montrer que l'apologue
Même au village est en faveur.

LIVRE PREMIER.

NOUVEAUX APOLOGUES.

LE SILENCE DU POETE.

A MADAME LINA FREPPA.

Favori des neuf sœurs, dédaigne les frélons
    Qui près du Parnasse bourdonnent ;
Et pour chasser l'ennui que leurs essaims te donnent,
De ce court apologue écoute les leçons :

    Le rossignol se taisait au bocage,
L'écho ne redisait ni son brillant ramage,
    Ni ses concerts mélodieux.
Un berger s'approcha du chantre harmonieux :
« Quand le printemps, dit-il, embellit la nature ;
» Quand Flore à nos regards étale sa parure,

» Et dans l'air verse à flots ses parfums enivrants,

» Aimable oiseau, pourquoi nous priver de tes chants ?

» — J'y suis contraint, berger, lui répond Philomèle :

» Les grenouilles du lac sont toujours en querelle,

» Tu les entends?.. — Sans doute, et leurs coassements

  » Ont une horrible persistance ;

  » Mais, rossignol, c'est ton silence

  » Qui fait que je les entends ! »

IGNORANCE ET VANITÉ.

————

Deux moineaux, étourdis comme on l'est au jeune âge,
Ignorants s'il en fut et surtout paresseux,
Sans penser d'avenir, sans souci de l'orage,
Du chaud, du froid, d'un ciel pur ou brumeux,
Près de Berlin avaient leur domicile.
Pas un hameau, pas un coin de la ville,
Pas un verger, un taillis, un bosquet
Que n'eût fait retentir leur incessant caquet,
Qui n'eût été témoin de leur gloutonnerie,
Que n'eût scandalisé leur fanfaronnerie !

On se lasse de tout ! — Nos moineaux vagabonds,
Ennuyés de percher sous le même feuillage,
De gîter chaque soir dans le même village,
Se lassèrent aussi des plaines et des monts

Du Brandebourg. Or, un jour la tempête
En furieuse éclatant dans les airs,
Fit retentir la foudre au milieu des éclairs,
Et la pluie, à torrents, sans ménager leur tête,
Ruissela sur le corps de nos deux passereaux
Dont le bec, cette fois, semblait pour toujours clos.

Le beau temps succède à l'orage,
Le bleu du ciel au plus sombre nuage :
C'est la loi de nature, et celui qui la fit
A tous les animaux en laissa . le profit.
A ce dernier nos moineaux ne manquèrent !
Leurs yeux, longtemps fermés, enfin s'écarquillèrent,
Leur bec fut mille fois passé,
Et puis mille fois repassé
Dans le duvet de leur plumage.
Mais quand parut un rayon de soleil,
Quand l'horizon se teinta de vermeil,
Tout aussitôt revint le caquetage :

« — Quel pays !.. quel climat ! dit l'un... et quel séjour !
» Un hiver éternel ! La nuit au lieu du jour !
» Si par occasion ou si par aventure
» A notre œil clairvoyant meilleure nourriture

» Se présente, il nous faut à l'instant déloger,

» Car tout près est le piége, et gare le danger !

» Croyez-moi, décampons partons pour l'étranger,

» Dirigeons notre vol du côté de la France :

  » C'est la terre de l'abondance

  » Et le séjour de l'aimable gaîté !

  » Il est vrai que la liberté

» Dans les villes encor peut courir quelque chance ;

» Mais les champs sont à nous, ils sont vastes et beaux,

» Et cet heureux pays protége les moineaux.

» Est-ce dit ? Partons-nous ? — Partons ! partons, mon frère

Dit l'autre. — « A vous le soin de notre itinéraire.

  » — Vous avez raison, mon ami,

  » Comptez sur moi, sur mon expérience,

  » Je ne promets rien à demi ;

  » Ce soir nous souperons en France ! »

  On part, on vole à qui mieux mieux.

  Le ciel est pur, le soleil radieux ;

   La brise douce et légère

Porte nos voyageurs vers le pays lointain

Où l'Océan présente un horizon sans fin.

  « — Qu'est cet immense lac, mon frère ?

  » — Ce n'est point un lac, c'est le Rhin !

» — Et la montagne blanche à l'horizon lointain ?

  » — De la France, c'est la frontière.

» Ainsi notre voyage est bien près de sa fin ! »

On redouble d'ardeur et l'on se trouve enfin

  Sur les côtes... de l'Angleterre !

    L'ignorance et la vanité

      Compagnes ordinaires,

Ainsi que nos moineaux font de belles affaires !

    Mais, pour dire la vérité,

  J'aurais pu choisir mes modèles

      A Londres, à Dublin,

      A Paris, à Bruxelles,

Au lieu d'avoir été les chercher à Berlin.

LA CALOMNIE.

Au buisson que nature avait fait son voisin :

« — Pourquoi, disait un jour le saule,

» Accrocher le passant par le bras, par l'épaule

» Et l'arrêter en chemin ?

» Mon voisin ! plus j'y songe et moins je puis comprendre

» Quel profit tu peux en tirer.

» — Aucun, dit le buisson, je ne prétends rien prendre

» Je ne veux que déchirer. » (1)

LUXE ET MÉDIOCRITÉ.

Du beau marbre d'Italie
Ou de celui de Paros
La cheminée anoblie,
Au poêle tint ce propos :
« — Trempé dans l'eau de l'Averne,
» Enfant du boiteux Vulcain,
» Ta place est à la taverne,
» Chez le pauvre citadin,
» Dans un petit magasin,
» Une mince hôtellerie.
» Qui fit la plaisanterie
» De te placer mon voisin?
» La blancheur de ma parure
» Fait honte à ton noir vernis,
» Et c'est m'avoir fait injure
» Que près de toi m'avoir mis !

» Aux palais que la richesse

» Elève à ses favoris,

» Sous les somptueux lambris

» Où réside la noblesse

» Je dois habiter un jour :

» Je suis faite pour la cour;

» Tu naquis pour la chaumière !

« — Ma sœur, que vous êtes fière ! »
Reprit le poêle à son tour,

« Et pourtant croyez, ma chère,

» Que content de mon destin,

» Je ne porte pas envie

» A celui de mon voisin.

» Puisque le sort vous convie

» A ses brillantes faveurs,

» Allez chez les grands seigneurs !

» Moi, j'irai dans la chambrette

» De la modeste beauté,

» Et du grenier du poëte

» Je ferai ma royauté.

» Aux champs ainsi qu'à la ville

» Je saurai me rendre utile,

» Et j'aurai pour passe-temps

» Bon accueil et bonnes gens !

» Vous ! vous verrez des princesses,

» Des seigneurs et des altesses ;

» Moi, de simples paysans !

» A vous, ma sœur, la noblesse,

» A moi la simplicité.

» J'aime mieux moins de richesse

» Avec plus de liberté. »

LE FANFARON.

« Mon père est mort! honneur à sa mémoire ! »
Disait un jeune loup au renard son voisin.

« C'était l'enfant chéri de la victoire,
» Et de ses hauts exploits le pays fut témoin.
» Ses ennemis tombés ont attesté sa gloire,
» Leurs ossements épars encombrent le canton,
» Et sous les coups d'un seul s'il périt, son histoire
» N'en mérite pas moins un illustre renom ! »

« -- Voilà, » dit le renard, « un beau panégyrique !
» Un bon historien serait plus véridique,
» Car il ajouterait : Les deux cents ennemis
     » Dont triompha son père
   » Étaient des ânes, des brebis ;
   » Mais quand, fanfaron téméraire,
   » Il vint attaquer le taureau,
   » Ce fut bientôt fait de sa peau.

LE FRUIT DES VOYAGES.

———

Dame cigogne, après un long voyage,
   Retrouvait son ancien séjour,
Et ses roseaux épais, et son frais marécage.
   La voyageuse, à peine de retour,
Des cigognes ses sœurs devint le point de mire :
Que n'a-t-elle pas vu ? que n'a-t-elle à nous dire ?
Comme ses entretiens seront intéressants !
Combien nous gagnerons à ses récits charmants !

   De tout le voisinage
De la dame au long bec tel était le langage.

« Parle-nous, chère sœur, des objets merveilleux
  » Qu'à ta mémoire ont confiés tes yeux, »
Lui disait l'une. « — Allons, célèbre voyageuse, »
Ajoutait de la bande une autre curieuse,
   « Parle-nous longuement,
» De ce qui fit ta joie et ton ravissement,

» Des plus lointains pays dis les grands personnages ;
» Dis-nous des habitants les mœurs et les usages. »
    A ces diverses questions
      Qui se croisaient sur tous les tons,
      Notre voyageuse confuse
      Ou répondait comme une buse,
      Ou jetait sa langue aux poissons.

    Hors un seul point, sa mémoire stérile
    N'indiqua rien d'intéressant, d'utile ;
    Rien que les noms des fleuves, des ruisseaux,
      Des marécages et des landes
  Où se trouvaient les poissons les plus beaux,
      Les grenouilles les plus friandes.

    Plus d'un moderne voyageur
    A ma cigogne en tout ressemble.
Il a vu de Paris le magnifique ensemble,
Des chefs-d'œuvre de l'art la magique splendeur ;
Mais ce sont lieux communs, et pour lui les merveilles
Dont il assourdira volontiers vos oreilles,
Ce sont les boulevards, le spectacle du jour
Et les repas exquis que l'on sert chez Véfour.

TRAVAIL ET RAPINE.

Sous les débris d'un antique donjon,
   Un vieux rongeur à barbe grise,
   Des rats véritable Harpagon,
   Vivait comme le vieux garçon
   Qui, peu soucieux de sa mise,
   D'un confortable logement,
   De bons vins et de bonne chère,
Se tient en son taudis, comptant et recomptant
   Ses pièces d'or et ses écus d'argent ;
Comme un ladre qui rit au nez de la misère,
   Qui pour autrui n'a que haine et colère,
Qui sans pitié regarde et repousse la main
   Du malheureux en quête de son pain.

   Or donc notre vieux ronge-maille
     Égoïste, avaricieux,
Le jour se tenait coi sur quelques brins de paille ;
   Mais dès que de la nuit le voile ténébreux

Dérobait aux regards l'éclat brillant des cieux,
    S'esquivant de son bouge immonde,
Le vieux rôdeur allait de ci, de là, pillant
    Tantôt la hûche du manant,
   Tantôt la grange ou la moisson abonde.
   Comme Crésus le rongeur amassait;
Mais au rebours du roi dont l'immense fortune
    Avec largesse s'épandait,
A la sienne jamais l'avare ne touchait.

Vers la fin de l'hiver, par un beau clair de lune,
    De la maraude revenant
    Et dans l'ombre se faufilant,
Pour regagner son trou, case inhospitalière,
    Le rat vit une fourmilière
Dont les provisions arrivaient à leur fin.
    « Oh! oh! fit-il avec dédain,
    » Oh! Mesdames les vaniteuses,
   » Si comme moi chacun vous connaissait,
 » Assurément aussi chacun se garderait
    » De vous dire laborieuses.
 » Eh quoi! pour récolter un aussi petit lot
  » Il a fallu deux saisons tout entières!

» Vous vous levez trop tard et vous couchez trop tôt

  » Pour mériter le nom de bonnes ouvrières ;

» Visitez mes greniers, voyez-les regorgeant

» Des produits que je dois au travail incessant :

› Seul, je fais beaucoup plus que vous toutes ensemble

» Imitez-moi !... »

           — « Nous, suivre ton exemple ! »

        Répond au vieux rongeur

        Des fourmis la plus sage,

« Nous avons strictement, et cela d'âge en âge,

  » Suivi la loi d'un honnête labeur ;

» Nous récoltons le jour ; dès que la nuit s'avance,

» Au logis préparé par nos soins vigilans

  » Nous emportons et serrons au-dedans

    » La part qu'impose la prudence

    » Pour faire face aux mauvais temps :

» Ainsi le travailleur vit, recueille et conserve.

» De t'imiter en rien que le sort nous préserve !

    » Sur notre sol hospitalier,

    » Tu n'apparus que pour piller :

» Comme les malfaiteurs tu fais tes coups dans l'ombre,

» A quoi te serviront tes rapines sans nombre ?

» De faim sur leur amas on te verra crever,

» Objet d'horreur, rebut de la nature,

  » Vivant, bandit, et mort, poison ;

» De ta vile dépouille on craindra la souillure,

  » Même au charnier de Montfaucon. »

IDIOSYNCRASIES.

———

Le roi des animaux, sa majesté Lion,
    Avait pris en affection
Un lièvre bel esprit, mais d'humeur singulière.
    Ce favori, disons-mieux, ce bouffon
Du grand monarque était fidèle compagnon ;
Il avait à la cour liberté tout entière,
Et pour ses privautés indulgence plénière.
Parfois spirituel et plus souvent bavard,
Ainsi que tout flatteur, ce courtisan vulgaire
De son maître puissant pour calmer la colère
    Raillait tantôt le léopard,
    Ou le tigre, ou bien la panthère,
Grands seigneurs de la cour, jaloux par caractère,
    Quoique soumis par le devoir.
Mais notre courtisan, ainsi qu'on va le voir,

Joignait à peu de prévoyance
Un sot excès de vanité.

Un jour qu'il devisait avec Sa Majesté :
« Est-il vrai, disait-il, que malgré ta puissance,
    » Et ton courage et ta mâle vigueur,
» Le chant du coq, si tu viens à l'entendre,
    » Produit en toi le frisson de la peur ? »

« Cela, » dit le lion, « est facile à comprendre :
        » Ne sait-on pas que de tout temps
» Les plus forts parmi nous comme les plus puissants
        » Sont sujets à mainte faiblesse ?
        » Juges-en par les éléphants :
» On dit avec raison, et l'on redit sans cesse,
» Qu'un grognement du porc fait frissonner d'horreur
        » Ces géants porte-forteresse.
« Je comprends maintenant, » fit l'interlocuteur,
« Pourquoi les chiens en nous éveillent la terreur ! »

UNE PLANTE ÉGARÉE.

A MARIE C.....

————

Symbole d'ingénuité,
De douceur et de modestie,
Plante dont la simplicité
Des autres plantes fait l'envie,
Qui t'a jetée en ce vallon?...
La main de l'homme ou l'aquilon?...
Ici, des fleurs les plus brillantes
L'éclat et la riche couleur
Condamneront à la pâleur
Tes feuilles que rend frémissantes
Le tact exquis de la candeur !
Ta forme, ta grâce légère,
Ta pureté, — chaste mystère ! —
S'éclipseront à tous les yeux ;
Et devant la beauté superbe
Tu ne seras que le brin d'herbe
Qui rend son aspect radieux !...

Papillons et scarabées,
Phalène aux ailes dorées ;
Volage et brillant essaim
Qui butine le matin
Aux corolles embaumées
Que l'aurore a parfumées,
Et qui le soir vient encor,
Avant de prendre l'essor,
S'enivrer à la rosée
Que la brise a déposée,
Dernier attrait du plaisir,
Dans des coupes de saphir,
De lis, d'azur et de rose,
Par quelle métamorphose
Un de ces sylphes errants,
De ces charmants infidèles
Viendra-t-il battre des ailes
Sur tes pistils innocents ?...

Crois-moi, plante solitaire,
Va chercher une autre terre,
Clair obscur ou demi-jour ;
Choisis ta place au bois sombre

Ici, même la pénombre
Te flétrirait sans retour.

A ta fragile existence
Il faut un sol délicat ;
A ta modeste élégance,
Pas de bruit et point d'éclat ;
Du vent frais l'haleine douce,
Sommeil calme et lit de mousse,
Chastes et discrets plaisirs
Bons et tendres·souvenirs !

Comme la vierge éplorée
Qu'a soudain décolorée
Le contact d'un souffle impur,
Et qui retrouve à l'air pur,
Avec sa beauté native,
Avec sa grâce naïve,
Tout l'éclat de sa fraîcheur,
Fuis un mirage trompeur ;
Fuis ces lieux, plante craintive.
Si ton nom est Sensitive,
N'est–il pas aussi Pudeur ?

LIVRE DEUXIÈME.

L'HOSPITALITÉ.

A MADAME CLARISSE GAULTIER-COIGNET.

Une petite fleur, aux pétales d'azur,
Par la brise de mai doucement agitée,
Se balançait au chaperon du mur
    Où le hasard l'avait jetée.
Née avec le printemps, son émule en fraîcheur,
    La petite et modeste fleur,
    Flexible au vent, souple à l'orage,
Se redressait bientôt, si, perçant le nuage,
Un beau rayon doré, messager lumineux,
Annonçait le retour de l'astre radieux.
    Sur sa frêle et chétive plante
    La petite fleur végétait
    Heureuse et même insouciante ;

A ses désirs rien ne manquait :
De l'air et de l'humus, de l'eau, de la lumière,
   Elle avait plus qu'il ne fallait
   A son existence éphémère.

   Un certain soir il arriva
   Que, de sa troupe séparée,
   Une mouche à miel égarée
   Près de la plante se trouva.
  « Permettez-moi, dit la première,
  » De reposer ici, ma chère,
  » Tant que durera la nuit ;
  » Et dès l'aube matinale,
  » Délogeant à petit bruit,
  » De notre ruche royale
  » Je gagnerai le réduit. »

  — « Vous êtes la bien venue, »
  Répliqua notre ingénue ;
  « Hâtez-vous, car le jour fuit.
  » Je mets à votre service
  » Tige, feuilles et calice,
  » Aujourd'hui comme demain.
  » Si petit que soit le gîte,

» Et si faible le soutien,

» Profitez-en, faites vite. »

Ces mots dits avec le ton

Qui rend l'offre gracieuse,

L'abeille, peu scrupuleuse,

Vint se placer sans façon

Dans le frais et pur calice

Que la fleur, quoique novice,

N'eût pas ouvert au frêlon.

Du jour à son déclin la dernière lumière

Ayant glissé sous l'horizon,

La petite fleur printanière

Bientôt se livra tout entière

Aux charmes décevants qu'enfante le sommeil ;

Mais durant ce temps, l'étrangère

Se tint constamment en éveil ;

Et, parasite sans vergogne,

Travailla tant et fit tant de besogne,

Qu'aux premiers feux du jour, quand revint le matin,

Elle avait plus que doublé son butin

Aux dépens de sa jeune hôtesse,

3

Qui, par l'effet de ce larcin,
Se sentant prise de faiblesse,
Put encore, au départ, jeter ce cri d'amour :
« Au revoir, ma sœur, au retour ! »

Oh ! l'hospitalité ! c'est chose douce et bonne !
Heureux qui la reçoit, plus heureux qui la donne !
Mais pourquoi, trop souvent, ne fait-elle ici-bas,
Au lieu de vrais amis, que de nombreux ingrats.

UN VOEU TÉMÉRAIRE.

————

« Père des animaux ! Maître du genre humain !
» Tu me vois à tes pieds, redoutable Jupin,
   » Rendre gloire à ton œuvre immense !.. »
    — S'écriait le cheval, —
« La beauté de ma forme atteste ta puissance ;
» Parmi les animaux aucun ne m'est égal,
» C'est la commune voix, c'est le cri général :
   » Sans trop d'orgueil je puis y croire,
» Et cependant, grand Dieu, pour compléter ta gloire,
» Aux dons que tu me fis tu pourrais ajouter : »
— « Ce que tu veux de moi, tu le peux demander,
   » Je t'autorise à m'en instruire, »
Dit le bon Jupiter, qui se prit à sourire.
  — « J'ai bien souvent pensé, reprit le destrier,
» Qu'à ton pouvoir sans borne il eût été facile,
» Pour donner à ma course un ressort plus agile,

» De dégrossir ma jambe, aussi de l'allonger,

» De dessiner mon cou comme le cou du cygne,

» D'élargir ma poitrine, et, par faveur insigne,

» Puisque ton favori, l'homme, doit me monter,

» De donner à mon corps une grâce nouvelle,

» En marquant sur mon dos une élégante selle ! »

« Fort bien ! » — dit Jupiter, — « Sois tout attention !..

Le visage du Dieu rayonna de lumière,

De sa bouche sortit le mot « création ! »

Et la vie à l'instant jaillit de la poussière ;

Puis tout à coup parut un animal hideux :

Le chameau !.. Le cheval fut glacé d'épouvante,

Et tout en lui trahit la force défaillante.

« Voilà précisément ce que de moi tu veux :

» Jambe haute, effilée, une large poitrine,

» Un cou de cygne, une selle à l'échine !

   » Désires-tu que je te forme ainsi ? »

De frayeur le cheval fut de nouveau saisi.

« D'un téméraire vœu j'excuse la folie, »

— Reprit encor Jupin. — « Toi, conserve la vie,

» Chameau ! Tel est mon bon plaisir ;

» Tu peupleras l'Afrique et l'Arabie.

» Et toi, cheval, glorieux de hennir,

» Ne regarde jamais le chameau sans frémir. »

SOTTISE ET VANITÉ.

———

L'âne disait un jour au père de la Fable :
« S'il te plaît d'emprunter mon langage et ma voix,
  » Fais-moi parler, ne fût-ce qu'une fois,
  » Avec esprit, et rends-moi raisonnable. »
      — « Toi raisonnable, avec esprit! »
Répondit aussitôt le malin fabuliste :
      « Si j'y consens, déjà chacun se dit
  » Que je suis l'âne et toi le moraliste. »

LES PLAGIAIRES.

———

« De tous les animaux nomme le plus agile,

    » Le plus adroit, le plus habile,

» Et je vais sous tes yeux à l'instant l'imiter, »

Dit le singe au renard. L'autre de riposter :

    « Avant toute expérience,

» Cite-moi l'animal de la plus vile engeance

    » Qui consente à te ressembler ! »

    Le singe n'eut plus qu'à se taire.

Écrivains de nos jours, la chose est-elle claire ?

LES PROTECTEURS.

Bouquin, chien-loup de bonne race,
Avait pris sous sa garde un jeune et bel agneau
Que pour mieux protéger il suivait à la trace.
Robin, autre chien-loup qui par son long museau,
     Par sa queue et par ses oreilles,
Avait plus l'air d'un loup qu'il n'avait l'air d'un chien,
Voyant cela, se crut transporté bel et bien
     Au pays fameux des Merveilles,
     Pays où la fidélité
     Est à l'abri de toute atteinte,
     Où la sévère probité
     Est chose vénérée et sainte,
Où de la liberté germent tous les bienfaits,
Où règnent en tous lieux la concorde et la paix,
Où — pour en revenir au fil de notre histoire —
     Le loup se fait honneur et gloire
D'être du faible agneau le guide et le soutien.
De tout cela chez nous, par malheur, il n'est rien,

Et je dois de l'agneau hâter la délivrance!
    Pensait en lui-même Robin ;
Et promptement d'un bond sur Bouquin il s'élance :
    « Brigand, dit-il, fuis au plus tôt d'ici,
» Ou tu vas de mes coups sentir la violence ! »
— De notre temps, les chiens en sont venus aussi
    A ne plus entre eux se connaître. —
Bouquin de riposter : « A toi de fuir, loup traître !
    » De cet agneau je suis le protecteur,
» Et tu n'es qu'un bandit, un infâme, un voleur ! »
Ces propos à Robin, qui se sait chien honnête,
    Font perler la rage au museau,
Tandis que chez Bouquin de la gueule à la tête
La colère aussitôt tend et gonfle la peau.

Et nos deux champions, au lieu de se pourfendre,
Sur le chétif agneau font tomber leurs fureurs :
Robin veut le saisir, Bouquin veut le reprendre.
A cela l'innocent, qui ne peut rien comprendre,
Passe de l'un à l'autre, au milieu des douleurs ;
    On le meurtrit, on le déchire,
    Et le pauvre animal expire
    Sous la dent de ses protecteurs !

UN BANDIT.

———

Quand le loup devient vieux, le loup se fait renard.
A-t-il meilleur renom? en est-il moins pendard?
Qu'ayant son arme au poing un brigand me dépouille;
Que dans ma bourse un autre avec adresse fouille,
Ou m'enlève mon bien sous un masque trompeur,
   Chacun des deux n'est-il pas un voleur?
Qui le plus criminel? — Je ne le saurais dire;
Distinguer en ce point me semblerait osé;
Pour mon compte d'ailleurs j'y suis peu disposé,
   Et j'aime mieux vous redire
Le conte qu'autrefois Lessing a publié.
   D'un vieux bandit c'est l'aventure;
La voici tout au long, si ma mémoire est sûre;
   Je crois n'avoir rien oublié :

I.

Moins agile, moins prompt à vivre de rapine,
  Un loup déjà sur le retour,
Voyant à pas comptés arriver la famine,
Voulut s'en garantir. La nuit comme le jour,
  Il creusait sa vieille cervelle
  Pour inventer une ruse nouvelle
  Et trouver les meilleurs moyens
 De dépister les bergers et les chiens,
  En exerçant son brigandage
  Sans lutte et sans aucun dommage
Pour sa peau. « M'y voilà ! se dit-il un matin ;
  » Certes, si je ne m'abuse,
  » Le succès doit être certain :
 » A la force il faut bien substituer la ruse,
 » Et recourir pour vivre à quelques faux semblants :
  » N'est-ce pas légitime excuse
  » Quand on arrive au déclin de ses ans ? »

Son plan bien arrêté, notre vieux loup se lance
  A travers champs,
  Et voit par occurrence

Un beau troupeau que conduit le berger.

   Vers ce dernier le loup s'avance

   Et dit : « Je viens te proposer

     » Une franche et bonne alliance !

» Oublions le passé, berger, soyons amis.

» Jusques à ce moment tu m'as cru sanguinaire.

   » Erreur !.. Mon naturel est débonnaire !

» J'ai souvent, j'en conviens, attaqué tes brebis,

» Mais la faim m'y poussa ; la faim ! ce mal horrible !

» Tu peux m'en préserver, car je te sais humain.

   » Nourris-moi donc, et je deviens soudain

   » Inoffensif, bon, honnête et sensible. »

Ces mots dits, notre loup comptait sur le succès.

   « — Rassasié, cela se pourrait faire ;

» Mais quand le seras-tu ? c'est le point du procès :

   » L'avare et toi le serez-vous jamais ? »

   Dit le berger. — « Bon voyage compère !

II.

Ainsi congédié, mais tout à son projet,

Près d'un second berger le vieux loup se transporte :

« Par intérêt pour toi, lui dit-il, je t'apporte

   » Une transaction, et voici son objet :

» J'ai fait à tes moutons une incessante gnerre

» Et beaucoup sont tombés sous ma dent meurtrière

     » Or donc, sans marchander,

    » Livre-m'en six, et je fais la promesse

» De respecter ton parc et de n'y rien tenter

     » Durant nn an entier... »

Le pâtre avec le loup peut lutter de finesse.

« Six moutons ! » dit le nôtre. « Es-tu fou, loup cervier ?

» C'est à peine au dieu Pan si j'immole ce nombre !

» — Eh bien cinq !.. Quatre ! — Non !.. Tu m'en donneras trois

» — Non !.. — Alors deux !.. Tu consens cette fois ?

» — Non ! non ! mille fois non !.. D'un seul pas même l'ombre.

» Je serais insensé de payer un tribut

» A l'ennemi dont, par ma vigilance,

» Je puis me garantir. Vieux loup, pas d'insistance !

» Cherche ailleurs une dupe, et vise un autre but. »

III.

« Deux points perdus ne font rien à l'affaire !

» Et si, comme disait la louve ma grand'mère,

» Le nombre trois est le nombre des dieux,

» Près d'un autre berger je serai plus heureux ! »

    C'était ainsi que sans perdre courage

Pensait le vieux matois, quand parut à ses yeux

Un troisième berger surveillant son pacage.

        Après le salut d'usage,

Le loup lui dit : « Je viens pour te tirer d'erreur.

» Selon le bruit public, tu me crois un voleur,

   » Un animal destructeur et vorace ;

   » Il n'en est rien, telle n'est pas ma race,

» Et tu vas en juger : d'une seule brebis

   » Fais-moi le don, tu verras à ce prix

» Ton troupeau préservé d'une mortelle atteinte !

» Plus généreux que moi saurait-on se montrer ?

   » A si bon compte éloigner toute crainte

» Quand je pourrais !.. Tu ris ?.. De quoi ris-tu, berger ?

» — Je souris... Mais dis-moi, monsieur le carnassier,

» Quel âge as-tu ? — Que t'importe mon âge ? »

La prudence du loup faisait place à la rage.

« Suis-je pas assez fort, quel que soit leur lainage,

   » Pour étrangler tes moutons les plus gras ?

» — Tout doux ! A ta vigueur je ne fais point outrage,

» Cependant, vieux rusé, tu ne me trompes pas :

» Ta demande, à mon sens, est tout au moins tardive ;

» Le temps qui ronge tout, n'épargna pas tes dents ;

   » Elles me disent que tu mens

» Quand ta voix fait l'effort d'être persuasive.

» Ne t'affubles donc pas d'un faux déguisement :

» Tu fais le généreux, et tu ne saurais l'être ;

    » Tu voulais seulement,

    » Aux dépens de mon maître,

» Te nourrir sans danger et plus commodément. »

IV.

Désappointé, dissimulant sa rage,

Le loup courut chez un autre berger

Dont, par hasard, le chien venait de succomber.

   Cette occurrence ayant son avantage,

Le mangeur de moutons en voulut profiter :

« Je te viens annoncer une bonne nouvelle,

   » Voisin berger. Une guerre mortelle

   » Est déclarée entre les loups et moi ;

» Avec eux j'ai rompu, je t'en donne ma foi.

    » S'ils sont aux autres formidables,

    » Seul je ne les crains pas,

    » Et je viens de ce pas

   » T'offrir contre eux des forces redoutables.

» Ton chien est mort, je veux le remplacer,

» Gardien de ton troupeau, j'ai la ferme assurance

» Que mes frères les loups fuiront à ma présence,

» Et que sur tes moutons ils n'oseront lancer

» Un regard de travers ! — Quoi ! reprit le berger :

» Tu défendrais, contre tes propres frères,

» Mes brebis, mes agneaux ! — J'en atteste mes pères !

» — Je le veux !.. Cependant, admis dans mon troupeau,

» Qui le défendra, lui, de ta dent meurtrière ?

» Prendre un voleur chez soi, c'est ouvrir la barrière

» A ceux qui sont dehors : le fait n'est pas nouveau !

» — Je comprends, dit le loup, tu vas prêcher morale.

» Assez ! assez ! berger... Bonsoir !.. et je détale !..

V.

« Oh si j'étais moins vieux ! »

Dit en grinçant des dents le loup malencontreux :

« Mais du temps il faut bien savoir souffrir l'injure !

» Jusqu'au bout cependant poursuivons l'aventure :

» Jamais en tel chemin loup ne s'est arrêté !

» Ce berger que je vois sera moins entêté.

» Entrons dans son logis dont la porte est mi-close.

» — Me connais-tu, berger? demanda le vieux loup.

» — Toi, non, mais tes pareils je les connais beaucoup

» — Mes pareils, je le crois, mais moi c'est autre chose,

   » Je suis un loup bien singulier !

   » — Comment?.. — Je ne puis attaquer

» Une brebis vivante, aux dépens de ma vie

» Je n'y toucherais pas!.. Mais si la maladie

» Ou tout autre accident la fait périr,

» Tu conçois bien qu'alors je puisse m'en nourrir :

   « Le cas est avouable,

« Et comme je te sais un homme charitable,

   » Tu me permettras,

     » N'est-ce pas,

» De venir quelquefois m'informer à l'étable

» Si mouton ou brebis a subi le trépas?..

» — Assez, fit le berger, pas un mot de plus, drôle

   » Et quoique de ton rôle

   » Tu te tires assez bien,

» Je ne te prendrai pas pour remplacer mon chien.

» L'animal qui déjà mange une brebis morte,

» Pour peu qu'il soit tourmenté par la faim,

» Ne craindra pas de choisir la plus forte,

» Lui supposant je ne sais quel venin,

       4

» Et puis se jettera même, le lendemain,

» De la brebis malade à l'autre bien portante.

» Pour n'être point trompé dans ton attente,

» Crois-moi, vieux loup, prends un autre chemin. »

VI.

« Pour arriver au but, faisons un sacrifice,

    » Et quoi qu'il doive m'en coûter,

» J'aurai bonne raison d'un sixième berger.

» A l'appât séducteur qu'on nomme bénéfice,

    » Qui de nos jours sait résister? »

Ainsi chemin faisant pensait dans sa cervelle

    Le loup si souvent éconduit.

Au sixième berger voici donc ce qu'il dit :

    « Ma peau te plairait-elle,

« Ami berger? — Voyons!.. En effet, elle est belle,

» Elle n'a point subi la morsure des chiens.

» — C'est, reprit le vieux loup, le plus cher de mes biens ;

» Mais je suis bien cassé, dans quelques jours peut-être

» Je serai mort!.. De ma peau sois le maître,

    » Et, contre ce présent,

» Jusqu'au moment fatal nourris-moi seulement?

» — Oh! oh! fit le berger, la ruse de l'avare

» Et la ruse du loup ce n'est pas chose rare!

» Ta peau me coûterait cent fois plus que son prix,

» Et je n'accepte point un pareil compromis.

» Mais si c'est un cadeau que tu veuilles me faire,

» Je puis à l'instant même arranger cette affaire,

» La hache que voici peut servir au besoin!.. »

La hache frappa l'air... Le loup fuyait au loin!

VII.

« Êtres au cœur de fer, êtres impitoyables,

» Ma rage tentera des efforts incroyables! »

S'écria le vieux loup. « Puisque vous le voulez,

» Plutôt mourir sous vos coups redoublés

» En ennemi cruel, qu'à la faim dévorante

» Abandonner ma vieillesse expirante!.. »

Il dit, et sur ses pas sème au loin la terreur;

Rien ne résiste à sa fureur,

Rien n'est épargné dans sa rage;

Il s'enivre de sang, se repaît de carnage;

Il attaque, déchire et disperse en lambeaux
        Les chiens, les brebis, les agneaux.
Mais enfin sous les coups des bergers il expire !

De ceux-ci le plus sage alors se prit à dire,
En voyant le succès de ce suprême effort :
« — Je commence à penser que nous avons eu tort
» De pousser le brigand jusqu'à l'extrême rage.
» Il eût pu, quoique tard, connaître son erreur ;
» Il valait mieux tirer parti de son courage
        » Pour le forcer à devenir meilleur. »

STUPIDE ORIGINALITÉ.

———

Le plumage d'une oie était d'une blancheur
  Qui faisait honte à la neige nouvelle.
Séduit par cet éclat éphémère et trompeur,
Le stupide animal se mit dans la cervelle
  Qu'il était cygne et des plus beaux.
  Dès lors quittant ses anciens commensaux,
  Sa basse-cour et sa masure,
Il se jette en un lac, qu'en tous sens il mesure ;
Il cherche à se donner un maintien gracieux,
  A faire le beau, les doux yeux ;
A donner à son cou l'élégante courbure
Que le cygne en présent reçut de la nature.
  Quoi que fasse le vaniteux,
  Qu'il aille en avant ou recule,
  Il ne peut à rien parvenir,
  A rien, sinon qu'à devenir
  Encor plus qu'avant ridicule.

AUX FLATTEURS.

Certain jour, un corbeau dans sa griffe serrée
Emportait une chair de poison saturée
Qu'avait, dans son enclos, placée un herbager
Pour détruire les rats qui peuplaient son verger.
    De son vol doublant la vitesse,
Sur un chêne élevé s'abat notre corbeau,
Pressé de dévorer le dangereux morceau
Qu'il avait dérobé, non sans user d'adresse.
Un renard l'épiait et le suivait des yeux :
« Oiseau sacré !.. noble habitant des cieux !
» Sois béni ! — Mais pour qui me prends-tu, je te prie ? »
Repartit le corbeau. — « N'es-tu donc pas
» L'oiseau de Jupiter, qui suit partout ses pas,
» Qui revient chaque jour, pour soutenir ma vie,
» Déposer sur ce chêne, et par ordre divin,
» Un aliment sacré ?.. Grand aigle ! c'est en vain

» Qu'à mes yeux pénétrants tu voudrais te soustraire,

» D'ailleurs ne vois-je pas ta redoutable serre

   » Embarrassée encor des dons que le matin

» Tu m'apportes ici de la part de Jupin?.. »

Le vaniteux oiseau se gonfle dans sa joie :

Être pris pour un aigle est un insigne honneur !

Gardons-nous, pensa-t-il, de détruire l'erreur

      Du renard... Qu'il ait donc cette proie !

   Et le corbeau, généreux sottement,

      A ses ailes donnant carrière

Et reprenant son vol, laisse tomber à terre

La chair dont le renard se saisit en riant,

      Et qu'il dévore à belle dent.

Mais bientôt du poison la violence extrême

Agit sur le flatteur, qui crève à l'instant même.

Puissiez-vous du poison éprouver les douleurs,

   Émules du renard, impudents louangeurs !

LIVRE TROISIÈME.

LA FAMILLE.

A MADAME F. PHILIPPE.

Un vieux lapin, le doyen du canton,
Avait pour toute famille
Le petit-fils de sa fille;
C'était l'espoir de sa maison,
C'était l'appui de sa vieillesse,
Et je laisse à penser avec quelle tendresse
Il choyait ce cher rejeton.
Le bon vieillard était lapin d'expérience :
Il savait éviter
Le furet, le limier,
Le garde forestier
Et le renard. Aussi que de prudence!
Que de précautions, de soins, de vigilance!

Dès que l'aurore annonçait le matin,
On courait à bas bruit se régaler de thym.
Le déjeuner fini, l'on partait au plus vite,
Et sans encombre on atteignait le gîte.
En utiles leçons tout le jour se passait;
Mais quand la lune au ciel apparaissait,
　　On se rendait dans la clairière
　　　Et gaîment on y soupait :
　　　Tantôt avec du serpolet,
　　　Tantôt avec de la bruyère.
　　Puis du logis reprenant le sentier,
　　Le bisaïeul et son jeune héritier
Allaient dormir en paix au fond de leur terrier.

Le lendemain venu, même ordre, même vie;
Toujours même gaîté, pas un moment de deuil !
　　De vains plaisirs aucune envie;
Point de désirs, et, partant, point d'orgueil;
Point de soucis, et, partant, point d'alarmes !

　　Mais le bonheur a lui-même une fin !
　　　Et pour le jeune lapin
　　　Arrive hélas le jour des larmes !

Son vieux grand-père meurt !.. et le pauvre orphelin

N'a plus un ami sur la terre !

Pas un ami !.. Que va-t-il faire?

Il va déloger du terrain,

Courir le monde et se distraire !

Ainsi vous le pensez, et vous avez grand tort.

« Mon bisaïeul, » dit l'orphelin, « est mort,

» Mais il vivra toujours dans ma mémoire,

» Et ses conseils, je m'en fais gloire,

» Me mettront à l'abri des injures du sort.

» Pour vivre, il faut aimer !.. me disait le brave homme :

» Demain je prends femme en ces lieux ;

» Elle me donnera de lapins une somme,

» Tant mieux!

» J'aimerai plus, je n'en vivrai que mieux.

» Je verrai mes enfants grandir près de leur mère,

» Et j'instruirai chacun d'eux

» Comme m'instruisait mon grand-père :

» Ma femme, mes enfants, moi, nous serons heureux ! »

Le lendemain, une blanche compagne

Au terrier de l'aïeul était près du lapin,

Et l'an suivant, sur la montagne,
Aux premiers rayons du matin,
Pour aller brouter le thym,
Au lieu de deux, de douze était la bande !

Que tirer de cette légende
Qui se trouve chez tant d'auteurs ?
Je l'ai dit à mes fils, je le dis à ma fille :
« Le bonheur est dans la famille,
» Ne le cherchons pas ailleurs !.. »

LE DANGER DU LUXE.

———

Un habile chasseur... C'était au bon vieux temps
Où cailles et perdrix, où lièvres et faisans
N'avaient à redouter l'atteinte meurtrière
Ni du fer ni du plomb, projectiles de guerre
Qui de nos jours, comme un coup de tonnerre,
   Foudroient bêtes et gens.
Ce chasseur possédait un arc dont la justesse
 Lui permettait de toucher droit le but,
   Si loin placé qu'il fût.
Et cet arc il l'aimait de toute sa tendresse :
  Un beau bois d'ébène luisant,
De contours gracieux l'élégante cambrure,
La flexibilité d'une forte nervure,
  Le comblaient d'aise et de ravissement.

Un jour qu'il admirait de l'arme tant aimée
La solide structure et la grâce à la fois ;
   Que de la main il caressait le bois
Cause pour lui de grande renommée,
     Notre homme se prit à penser
Qu'à la simplicité, joyau de la nature,
    L'art peut encore ajouter
    Une séduisante parure,
  Et rehausser par plus d'un ornement
  L'objet déjà par lui-même charmant.

    Ce trait de subite lumière
A peine eut du chasseur illuminé l'esprit,
    Qu'aussitôt il se dit :
    « A sa beauté première
» Mon arc ajoutera le travail précieux
» D'un célèbre sculpteur. » — L'artiste ingénieux
Cisela sur le bois une chasse princière.
Le chasseur fut ravi. — « Des armes la plus chère,
» Tu méritais, dit-il, ce triomphe éclatant ;
» Mais depuis qu'en mes mains l'artiste t'a remise,
» Je brûle d'essayer... A nous deux maintenant !.. »
Le chasseur tend la corde... et l'arc en deux se brise.

UN CERCLE DU JOUR.

Ennuyé de percher sous le modeste ombrage
    D'un solitaire vallon,
    Un oiseau de haut plumage
Vint fixer son séjour au milieu du bocage
    Où tous les oiseaux de grand nom
Se tenaient à l'abri des vents et de l'orage,
Sans ennui des moineaux, sans crainte du faucon.

Installé, l'étranger se mit bientôt en quête
    D'amis et de plaisirs nouveaux ;
Et pour mieux attirer ses voisins les oiseaux,
    Il crut devoir leur offrir une fête.
    Laquelle ?.. C'était l'embarras.

« Sera-ce, » se dit-il, « un splendide repas ?
    » Qui de nos jours n'en donne pas ?

5

» Nos seigneurs *Vulturins*, notre caste princière,

» Viennent d'y renoncer, tant la chose est vulgaire !

» Le roitelet, cet infime oisillon,

» N'a-t-il pas sottement affiché l'importance

» Des oiseaux du plus haut ton,

» Et déployé le luxe et l'abondance

» Pour recevoir avec magnificence

» Des mésanges et des moineaux,

» D'un hôte tel que lui bien dignes commensaux !

» Je renonce au festin. Un bal ?.. Mais quand j'y songe,

» Du vieux bal le moderne est l'effronté mensonge :

» Véritable cohue où la fatuité

» Affecte les dehors de l'amabilité,

» Où la colombe et la fauvette

» Sont le jouet d'un grotesque sauteur,

» Où triomphe la coquette,

» Quand à l'écart se voile la pudeur !

» Non ! point de bal !.. Une grande soirée.

» De ces réceptions la vogue est consacrée,

» Elles sont à la mode et de facile accès ;

» L'esprit et le bon goût en font tout le succès.

» On rivalise là d'exquise politesse.

   » Que si parfois on y médit,

   » C'est toujours avec finesse ;

   » Le mot piquant, le trait d'esprit

   » Y circulant avec adresse,

» Donnent à leur auteur et renom et crédit.

» Le maître du logis, pour varier la fête,

» Réclame le silence afin que, tour à tour,

   » Le rossignol et la fauvette

   » Disent leurs doux chants d'amour.

» L'intermède fini, les groupes se reforment,

   » Et d'intrépides discoureurs,

» Tandis que dans un coin les ennuyés s'endorment,

   » Se posant en grands orateurs

   » Et frondant tout avec jactance,

   » Législateurs, gouvernement,

     » Les mœurs, les arts, la science,

     » N'admettent la tolérance

   » Que pour leur propre jugement.

   » Tant ils ont en eux confiance !

   » C'est là, j'en conviens, un travers :

   » Toute médaille a son revers,

» De même en toute assemblée ;

» Au bon grain l'ivraie est mêlée.

» Mon choix est fait. A ma réunion

» Seront tous conviés les oiseaux du canton. »

Son projet arrêté, quand vient poindre l'aurore,

Notre futur amphitryon

Se rend de la plaine au vallon,

Du chêne altier au pâle sycomore,

Du taillis au buisson ;

Il colporte à la ronde

Une aimable invitation,

Qui bienvenue à tout le monde,

Est partout accueillie avec effusion.

Au jour fixé, l'on se groupe, on s'assemble ;

Gaîment on prend le chemin du bosquet.

La pie et le perroquet

Les premiers arrivent ensemble.

La caille, la perdrix, le geai, le sansonnet,

La grive et la mauviette,

Le linot, le chardonneret

Les suivent à la file et le cercle est complet.

Le rossignol et sa sœur l'hirondelle,

La fauvette et la tourterelle

Se glissent modestement

Parmi les conviés, tandis qu'insolemment

Le dindon, tout fier de sa race,

Au centre s'en vient prendre place,

Comme l'eût fait un président.

Puis arrivent gravement

Le canard, la pintade et l'oie.

Quelques rares oiseaux de proie

— Dans quel endroit ne se fourrent-ils pas ! —

Composant leur maintien, marchant à petit pas,

Se mêlent à la foule en usant de souplesse,

Ils se font humbles, cauteleux ;

Et se montrent peu soucieux

Des mots piquants lancés à leur adresse.

Je ne nommerai pas, narrateur incomplet,

Tous les oiseaux réunis au bosquet ;

Ils y étaient nombreux comme l'étaient naguères

Au splendide palais des fêtes somptuaires

Les hôtes mélangés d'un célèbre gourmet.

J'abrége mon récit, long comme une préface,

Et promptement je passe

Au moment où les chants prirent leur libre essor ,
    Où les artistes du bocage
    Préludèrent par leur accord,
    Par leur pur et brillant ramage,
    Aux airs modulés, gracieux,
    Que le geai, toujours vaniteux,
    Qualifia de caquetage.

    Je ne dis rien des quolibets
      Lancés par quelques muguets.
Sous les lambris dorés, comme sous le feuillage,
    Combien de conviés payent en persiflage
Le bienveillant accueil du maître de maison !

Les chants ayant cessé, l'on se hâte, on se presse ;
Pour respirer à l'aise, on lutte de vitesse,
Et tout les invités encombrent le gazon.

    Avec réserve, avec raison,
D'abord c'est à bas bruit que l'on cause et discute ;
Mais insensiblement on élève le ton,
Et bientôt l'entretien dégénère en dispute.

Chacun pérore à qui mieux mieux,
C'est un tohu-bohu de voix et de parlages
 Si fatigant, tellement ennuyeux,
  Que des conviés les plus sages
S'esquivent à bas bruit, tandis que les bavards
  Se livrent à tous les écarts
  D'une verbeuse intempérance.

Le linot, par malice ou par inadvertance,
Hasarde un mot piquant qui produit de l'effet ;
 Mais l'affreux cri du perroquet
Lui vient tout aussitôt imposer le silence.
  Un peu plus tard, le sansonnet
  Glisse à propos une saillie,
  Qu'étouffe vite au premier jet
  Le babil strident de la pie.
 Un autre oiseau dont j'ignore le nom
Exprime une pensée où brille la raison,
Il est admonesté... par qui ?.. par le dindon ;
Et moineaux d'applaudir !.. En cette circonstance
  Comme en beaucoup, l'orgueilleuse ignorance
L'emporte sur l'esprit, même sur la science.

  Ainsi trois ignares parleurs

Passés maîtres en bavardage,
Sont réputés grands orateurs
Par d'imbéciles auditeurs
Qu'on ferait bien de mettre en cage.

De cet apologue imparfait,
Quelques cercles du jour m'ont fourni la matière :
La pie et le dindon, surtout le perroquet,
  Y sont communs; je le dis à regret,
Mais, dût-on me blâmer, je n'ai pas su me taire.

LE CHAMP DES ILLUSIONS.

——

« Voyez-vous là-bas, au pied des côteaux,
» Tout près du ruisseau brodé de pervenches
» Qui sur le gazon promène ses eaux
» Et des saules verts arrose les branches ;
» Voyez-vous jaillir des éclairs brillants,
» De vives clartés, des flots de lumière,
» Et de ces foyers les feux éclatants
» S'échapper bientôt en flamme légère,
» En beaux rayons d'or, de pourpre et d'azur ?
» Comme à leurs reflets le champ se colore,
» Et comme par eux le jour devient pur !
» Mère ! voyez-vous, voyez-vous encore ?
» Aux rayonnements de ces nouveaux feux,
» Le charme s'étend, et dans la prairie
» Tout est ravissant, tout harmonieux,
» La forme à la grâce est toujours unie !

» A quoi bon chercher, mère, dans les cieux

» Un autre séjour, une autre patrie?

» Pourquoi traverser d'un vol périlleux

» L'espace chargé de nuages sombres,

» Les chaudes vapeurs, le froid rigoureux,

» L'élément humide et les grandes ombres,

» Quand sont près de nous plaisirs et bonheur?

» Vers le sol heureux où tout nous invite,

» Bon repas, beau gîte et douce chaleur,

» Mère, croyez-moi, volons au plus vite! »

Au lieu de se tourner vers l'horizon vermeil,
Au lieu de célébrer le retour du soleil,
     C'était ainsi qu'une jeune alouette
     Un peu volage, et même un peu coquette,
          A sa mère s'adressait;
Et celle-ci, comme les bonnes mères,
Craignant de s'emporter en reproches sévères
          A sa fille ainsi répondait :

« Des piéges incessants tendus à notre race
          » J'ai tout fait pour te préserver ;
» Si dans sa profondeur tu mesures l'espace,
          » Si je t'appris à traverser

» Les nuages obscurs et la vapeur humide,

» Si par mes soins ton vol est devenu rapide,

» C'est que de tout péril j'ai voulu te sauver !

» Plus on est près du ciel et moins on a de crainte,

» De l'arme meurtrière on ne craint plus l'atteinte.

» Sur le sol dangereux où de fausses clartés,

» Feux follets passagers qui fascinant la vue

» N'étalent aux regards qu'éphémères beautés,

» Il est plus de dangers que là-haut dans la nue !

» Ce buisson que tu vois chargé de mille fleurs,

» Dérobe à tous les yeux les armes des chasseurs.

» Malheur à l'insensé qui, dans sa folle ivresse,

» Dédaignant les conseils dictés par la tendresse

　　　　» Autant que par la raison,

» Donne tête baissée à travers ce buisson !

» Enfant, crois-en mon cœur et mon expérience,

» Ce tableau séduisant, fugitive apparence

　　　　» Aux mirages trompeurs,

» N'est rien qu'un traître appât, une embûche cruelle

　　　　» Dont l'atteinte mortelle

» Fait couler notre sang et répandre nos pleurs !.. »

Ces bons conseils, sage et douce parole
Qu'on entend seulement résonner à l'école

De la famille, et dont souvent aussi
Les plus intéressés ne prennent nul souci ;
Ces conseils que dictaient le cœur et la prudence,
Ne furent accueillis qu'avec indifférence :
La fille n'y crut voir qu'une austère leçon,
Et l'écho de son cœur ne rendit aucun son.

Un matin que sa mère
Dormait tard, contre l'ordinaire,
L'imprudente revoit le magique buisson
Et le voit miroitant de rubans de lumière
Qui courant sur les fleurs irisaient le gazon.
Oubliant les avis de son guide fidèle,
Fascinée... elle part, et vole à tire-d'aile
Vers le buisson fatal... A peine y touche-t-elle,
Que du milieu des fleurs
S'échappe un bruit semblable aux éclats du tonnerre,
Puis retentit le cri de poignantes douleurs
Qui vont briser l'oreille et le cœur d'une mère !

LIVRE QUATRIÈME.

LE SAVOIR ET LE SAVOIR-FAIRE.

A MON AMI FRÉDÉRIC THOMAS.

———

Deux histrions, nomades baladins,
 Coureurs de fêtes de village,
Poussés par le hasard sur les mêmes chemins,
Se rencontraient toujours au champ du batelage,
Et paradaient souvent sur des tréteaux voisins.

Le plus âgé des deux, homme à la cinquantaine,
Ayant de son printemps conservé la verdeur,
 Bon paradiste et jovial conteur,
Montrait de chiens savants une demi-douzaine.

Parleur moins exercé, moins vif, moins égrillard,
Patelin comme un chat, rusé comme un renard,

Laid comme un singe, et ce n'est pas peu dire,
Le second bateleur montrait à tout venant
　　Une collection de figures en cire.

Leur baraque dressée, il devenait urgent
Pour tous deux d'attirer, de grouper la cohorte
Des badauds, des flâneurs et gens de même sorte
　　　Qu'on arrête facilement
　　　Aux bagatelles de la porte.

　　Fidèle à la tradition,
L'homme aux chiens procédait en cette occasion
Ainsi qu'on procédait au temps où la parade
　　　De Bobêche *, son camarade,
Faisait aux boulevards grande sensation.
Suivi sur ses tréteaux de Gilles son compère,
Qu'il bourrait et rossait de la bonne manière,
　　　A son auditoire en plein vent
Notre homme débitait quelques scènes comiques,
　　　Qu'il assaisonnait fréquemment
De mots assez grivois et même un peu cyniques.

---

* Célèbre paradiste du boulevard du Temple.

Or, tandis qu'à ses pieds les spectateurs nombreux,
    Émerveillés de ses histoires,
  Levaient la tête, écarquillaient les yeux
    Et se décrochaient les mâchoires
A force de pousser de gros rires joyeux,
    L'homme aux figures de cire,
Nez au vent, l'œil au guet, monté sur un gradin,
    Écoutait, sans mot dire,
    Tous les lazzis de son voisin.
    Mais quand le rusé camarade
    S'apercevait que la parade
    Allait bientôt prendre fin,
  Mettant en branle une lourde sonnette,
Frappant à tour de bras sur un gros tambourin,
Tirant d'horribles sons d'une horrible trompette,
    Peu soucieux de l'accord musical,
    Il produisait un vacarme infernal.
Il avait pour cela ses raisons, le compère,
    Il savait que le populaire
    Aime le fracas et le bruit,
Et qu'il faut à la masse et stupide et grossière
    Plus de tapage que d'esprit.

Le drôle n'était pas un histrion vulgaire.

                  6

A peine avait-il mis en jeu ses instruments
Et fait retentir l'air de leurs sons discordants,
Que semblable au long flot d'un peuple qui s'insurge,
Ou semblable plutôt aux moutons de Panurge,
La foule agglomérée au tréteaux du voisin
S'esquivait à grands pas pour s'arrêter béante
  Devant l'homme au gros tambourin,
  Et puis, se ruer frémissante
  Dans sa baraque de sapin.

Le tour ainsi joué, qu'il fût ou non honnête,
Le jeune bateleur fort peu s'en souciait,
  L'important, c'était la recette,
Tandis qu'en bons écus la sienne se comptait,
Celle de son voisin, par un effet contraire,
  De plus en plus diminuait,
  Si bien, qu'à peine elle donnait,
Pour ses chiens et pour lui, l'absolu nécessaire.

 Il résulta de ce fait coutumier
Entre les bateleurs mainte et mainte querelle.
Selon l'ancien, le jeune était un écolier ;
Pour le jeune, l'ancien n'était qu'un routinier ;

Mais bien que l'homme aux chiens se creusât la cervelle
　　　A chercher un expédient
Qui ramenât à lui le public inconstant,
　　Il y perdait et son temps et sa peine.

　　　Un soir que par hasard,
　　Grâce au concours du peuple campagnard,
De nos deux histrions l'escarcelle était pleine,
　　　Pour célébrer la bonne aubaine
　　　On se toucha la main,
Et puis on se rendit au cabaret voisin,
　　　Où l'on but force rasades.
　　　Moitié causant, moitié buvant,
　　On redevint amis comme devant,
　　Comme devant bons camarades.

　　　En prolongeant leur entretien,
　　Nos hommes cherchaient le moyen
D'attirer le public, de grossir la recette,
　　　Et de faire tant et si bien,
Que pour eux chaque jour devînt un jour de fête.

« Pour atteindre ce but, montre moi le chemin! »
Dit le vieux bateleur à son jeune confrère,

« Car la misère et la faim
» C'est tout ce que je vois au bout de ma carrière.

« — Prenez, et croyez-m'en, des sentiers tout nouveaux,
» D'une route embourbée abandonnez la trace.
　　» Le vent souffle à la grimace,
　» Grimacez donc, couvrez-vous d'oripeaux,
　» De faux galons, d'un costume bizarre.
　　» Quand vous montez sur vos tréteaux,
» De bons mots, de gaîté, d'esprit soyez avare,
　　» Tout cela n'est plus de saison !
　　» La grosse caisse et le clairon,
　　» Les cymbales et la trompette,
　　» Rendent la foule satisfaite,
　　» Mettez-vous à son unisson ;
» Éblouissez les yeux, assourdissez l'oreille.
» C'est ainsi, j'en réponds, que vous ferez merveille. »

　　Le bruit et le clinquant
　　Sont de nos jours argent comptant ;
Le savoir au succès est devenu contraire,
Et l'on ne réussit que par le savoir-faire.

ANERIE.

———

L'âne suivait un jour le lion dans les bois,
    Pour épouvanter de sa voix
Les animaux auxquels tous deux faisaient la chasse.
Voilà près des chasseurs un autre âne qui passe :
« Bonjour, frère ! — Insolent ! — Insolent ! qu'est ce ton ?
» De ta part c'est orgueil, si ce n'est ineptie :
» Parce que le lion te prend de compagnie,
» En es-tu donc meilleur ? en es-tu moins ânon ? »

INGRATITUDE.

———

Un renard que mettaient en fuite
La meute et les chasseurs lancés à sa poursuite,
S'apercevant qu'il perdait du terrain,
Que lutter de vitesse était chose inutile,
Avise un mur qui longeait son chemin
Et qu'il franchit d'un bond agile.
Alors, sont dépistés la meute et les chasseurs.
Mais là n'est point la fin de l'aventure
Dont je dois compte à mes lecteurs.

La vie étant sauvée et la retraite sûre,
Maître renard eût dû se montrer satisfait.
Bien au rebours ! Un buisson s'élevait
A l'endroit même où tomba notre bête ;
Ses pattes, son corps et sa tête

Furent atteints par certains aiguillons
Dont de tout temps sont armés les buissons.
Ils firent au renard quelques égratignures,
    Peut-être aussi des écorchures.
Et l'ingrat promptement oublieux du danger,
    A ses sauveurs se prit à dire :
« Misérables soutiens, quand donc pour protéger
  » Cesserez-vous en même temps de nuire. »

De cela je conclus, et le dis sans retard :
Le renard tient de l'homme, et l'homme du renard.

LES BIENFAITEURS.

———

Pour charmer les loisirs que lui laissait l'étude,
    Un tout jeune écolier
S'amusait d'un serpent devenu familier.
    Par goût, peut-être aussi par habitude,
      Le reptile, comme un ruban,
S'enroulait sur les bras, sur le cou de l'enfant,
    Du cou montait jusqu'à la tête,
Et puis faisait entendre un sifflement joyeux.
    C'étaient souvent mêmes jeux, même fête.

    Certain jour l'écolier, devenu sérieux,
    Dit au serpent : « Chère petite bête,
  » Ne crois pas qu'avec toi l'on me verrait jouant
   » Si l'on n'eût ôté prudemment

» Le venin de ton dard. Il est certaine histoire
» Qui fait de tes pareils un bien hideux portrait ;
» Ce matin, dans ma classe, on m'en citait un trait
» Que j'ai profondément gravé dans ma mémoire :

« Un brave campagnard regagnant son hameau
» Par un temps glacial, aperçut d'aventure
» Un serpent qui, saisi par l'extrême froidure,
    › Gisait au pied d'un ormeau.
    » Sans en redouter la piqûre,
» Le bonhomme le prend sous sa veste de bure,
    » Le place même sur son sein,
    » Et le caresse de la main.
    » Bientôt réchauffé, le reptile
» Contre son bienfaiteur tourna son dard hostile,
» Et la mort fut le prix d'un noble dévouement.

— « Oh ! ce n'est point ainsi, » répliqua le serpent,
    « Que se passa l'aventure,
    » Et nos historiens la content autrement :
» Votre cultivateur était un vieil avare,
» Et la peau du serpent étant et belle, et rare,
    » Elle valait beaucoup d'argent ;

» Le serpent fut tué, mais pour votre bonhomme

» Qui de la peau vendue eut une grosse somme,

     » Ce ne fut que longtemps après

     » Qu'en son lit il mourut en paix. »

     Mais du ton de l'impatience :

       « — Tais-toi ! » cria l'enfant,

    « A s'excuser l'ingrat met sa science !

« — Bien, mon cher fils ! » dit en l'interrompant

Son père, homme de sens, de grande expérience.

    — Il avait entendu la conversation : —

     « Cependant, dans l'occasion,

     « Si d'une grande ingratitude

   » Un homme était accusé hautement,

     » Qu'une profonde certitude

     » Détermine ton jugement

  » Avant de le flétrir d'une tache aussi noire :

     » Rarement les vrais bienfaiteurs

  » Ont de l'ingratitude éprouvé les douleurs. »

    Je l'espère et je veux le croire,

Mais je dois dire en vérité
Que certains bienfaiteurs ont souvent mérité
Que par une leçon forte et rude
On écrasât leur vanité
Sous le poids de l'ingratitude.

LES SENTIMENTS DE CONDOLÉANCE.

Dans un des plus riches cantons
De la fertile Germanie,
Sur un beau troupeaux de moutons
Sévit un jour l'épizootie ;
Et la terrible maladie
Frappa si fort les brebis, les agneaux,
Que leurs corps, et même leurs peaux,
Furent jetés à la voirie.

Les parents du berger, ses amis, ses voisins,
Déploraient avec lui les sévères destins
De ce nombreux troupeau, l'honneur de la prairie ;
Même le loup, qui le croirait ?
Vint à son tour, oreilles basses,
D'un ton piteux et sans feintes grimaces,
Prendre part au chagrin que chacun éprouvait.

Dans la douleur on ne calcule guère
Si le mot part du cœur ou s'il vient de l'esprit;
   Si l'on ressent tout ce que l'on décrit;
Si la condoléance est ou fausse ou sincère.

    Le berger, toujours sous le coup
    D'une perte aussi cruelle,
    Jugea la visite du loup
    Une démarche naturelle :
« — J'ignorais,» lui dit-il, « les loups compatissants
» A ceux que de ses coups accable l'infortune;
» Tu me tires d'erreur! Allons, plus de rancune,
  » Et grand merci de tes bons sentiments! »

Médor, qui près du pâtre était en sentinelle,
Médor le bon gardien, l'ami sûr et fidèle,
Fut tout surpris d'un propos si nouveau.
Dressant l'oreille, allongeant le museau :
« — Oui, du loup,» reprit-il, « le chagrin est extrême,
   » Mais s'il déplore ton malheur,
   » C'est qu'il pense au fond de son cœur
» Que ce malheur retombe sur lui-même. »

LA SOLIDARITE.

———

Vers la fin de l'automne, au moment où le fruit
Se détache à regret de la branche épuisée,
Où la feuille des bois, par le vent dispersée,
S'amoncelle en un tas qui sous le pied bruit,
Éloigné de sa troupe et courant l'aventure,
  Un porc à grossière encolure
S'arrêta sous un chêne, où l'épais animal
Trouva ce qu'il cherchait : un copieux régal
De glands tombés. Il en faisait bombance
Et dévorait des yeux ceux que sa large panse
  Devait à leur tour engloutir,
Se souciant fort peu d'où pouvait lui venir
  Une aussi favorable chance.
Le chêne, ce voyant, ne put se contenir :
« — Hôlà ! » dit au pourceau notre arbre séculaire,
« As-tu peur de jeter, race abjecte et grossière,

» Sur moi, qui te nourris, un œil reconnaissant ? »

Sans s'arrêter, le porc répondit en grognant :

« — Quelque haut que tu sois, arbre à la voix superbe,
» Je ne te dois pas plus que ne doit au brin d'herbe
    » L'insecte qui s'en nourrit ;
» Du sol par qui tu vis n'est-tu pas tributaire ?
» Si donc tu vis par lui, si je tire profit
    » Des glands que tu jettes à terre,
» C'est parce qu'ici-bas le grand et le petit
    » Chacun de l'autre est solidaire. »

UN JUGEMENT POSTHUME.

———.

De ses antres profonds l'aquilon furieux
S'était précipité. Courant impétueux,
Il faisait tout plier sous sa force indomptable :
        Arbre, verger, maison, étable
Tombaient, ainsi que tombe au souffle d'un enfant
Le château de carton qu'il élève en jouant.
Le roi de la forêt, le chène séculaire
    Résistait seul, atlhète courageux,
        Tantòt courbant sa tète altière,
        Tantòt la redressant aux cieux.

        La lutte fut longue et terrible ;
        Enfin le chène succomba,
Et dans le champ de l'air ce fut un bruit horrible,
Quand sur le sol tremblant le colosse tomba.

Dès l'aurore un renard, sorti de sa tanière,
   Vit tout d'abord ce spectacle imposant
     Et s'écria : « Quel arbre ! quel géant !
» Jamais, quand il portait la tête haute et fière,
     » Je ne l'avais vu si grand ! »

7

LES FAUX JUGEMENTS.

———

Dans une cité d'Allemagne,
Moitié ville, moitié campagne,
Eut lieu, par un beau soir d'été,
Le fait suivant que l'on m'a raconté.

Enfermé dans la même cage
Où l'on tenait reclus un jeune et beau serin,
Le rossignol chantait. Par son brillant ramage
Il calmait les ennuis, tempérait le chagrin
De son compagnon d'esclavage.

Au bon temps de sa liberté,
A l'ombre d'un épais feuillage,
L'aimable oiseau jamais n'avait chanté
Comme il chantait dans cette cage.

Si variés, si ravissants,
Si merveilleux étaient ses chants,

Qu'homme du peuple ou de noblesse,

Si près de la cage il passait,

Tôt s'arrêtait et faisait presse.

Or, dans la foule se trouvait

Un jeune enfant qu'accompagnait son maître,

—L'enfant, né curieux, veut tout voir, tout connaître.

Le nôtre à son mentor : « Lequel de ces oiseaux, »

Dit-il, — « chante des airs si beaux ?

» J'ai hâte de le voir. — Approchons, » dit le maître,

« Et devinez qui des deux

» Est notre chantre harmonieux. »

Auprès des prisonniers bientôt d'un pas agile

Se trouve arrêté le bambin,

Alors, du doigt indiquant le serin :

« Dès à présent deviner m'est facile, »

Répliqua-t-il à son mentor :

« Le beau captif à plumes d'or

» Est le chanteur dont la voix ravissante

» Tient la foule ici frémissante.

» Quant à l'autre captif,

» Il paraît souffreteux, il est maigre, chétif ;

» Rien qu'à l'aspect de son plumage

» On peut juger de son triste ramage. »

Ce jugement d'un écolier
Est quelquefois commun à nos hommes du monde.
Combien pourrais-je en citer
Qui, d'un faux bel esprit colorant leur faconde,
Avec le son de voix si commun au pédant,
Raisonnent comme notre enfant !

L'OPINION DE SOI.

———

« Qu'insensés, par fois, sont les hommes ! »
Disait un jour un ours à l'éléphant.
« Que n'exigent-ils pas de nous, qui sommes
    » Des êtres au cœur excellent,
    » Mais dont trop souvent on abuse ?
» Au son de leur tambour et de leur cornemuse
    » Ils me contraignent de danser,
    » Moi, grand et grave personnage !
» Devraient-ils pas savoir qu'un pareil badinage
» Avec ma dignité ne se peut accorder ?
» Leur rire est déplacé quand devant eux je danse. »
« — Comme toi, répondit le docile éléphant,
» Je danse au son de leur rauque instrument,
    » Et sans vouloir faire une différence
    » Entre nous, je ne pense pas
» Être moins grave, être moins respectable
» Que tu ne l'es toi-même. Or, dans un cas semblable,
» Quand devant le public je danse et fais mes pas,

» Il ne rit point; je lis sur son visage

     » Un égal assemblage

     » Et de joie et d'étonnement.

     » Crois-en donc mon expérience :

     » Si le public rit de ta danse,

     » C'est que tu danses gauchement. »

LIVRE CINQUIÈME.

UNE MAUVAISE CONNAISSANCE.

A M. V. PHILIPPE.

Dans son nid qu'abritait une épaisse charmille,
Une jeune fauvette élevait sa famille.
De la grande chaleur, de la fraîcheur des nuits
Elle avait garanti son réduit solitaire.
Le jour, à sa couvée elle était tout entière ;
Mais le soir arrivé, quand dormaient ses petits,
    Elle causait avec leur père,
Et toujours l'entretien roulait sur les enfants.

    « Qu'en faire quand ils seront grands?
Disait un de ces soirs notre excellente mère.
    » — Ils feront comme nous, ma chère,
    » Ils iront chanter aux passants !

  » — D'accord ! Mais votre aîné, dont les gazouillements
    » Semblent révéler un artiste,
    » Ne pourrait-il grossir la liste

» De nos plus célèbres chanteurs?

» Ses succès me rendraient si fière et si joyeuse!

» Dans vos amis, dont la foule est nombreuse,

» Cherchez-lui donc des protecteurs

» Et le placez à bonne école.

» .— De vos enfants vous êtes folle !

» Mais demain, pour vous contenter,

» Dès l'aube,. j'irai trouver

» Un bon camarade d'enfance ;

» Et mon ami le rossignol

» Se chargera, j'en suis certain d'avance,

» D'apprendre à votre fils et dièse et bémol,

» Et la roulade et la cadence. »

« — Merci de votre complaisance ! »

Après le baiser conjugal,

L'heureux couple dormit, et ne dormit pas mal.

Mais le matin, dès que l'aurore

Eut empourpré l'horizon,

Le fidèle mari — car on l'était encore

Il y a cinquante ans, dit-on, —

Le mari quitte la maison
Et l'affaire est bientôt conclue.

Quand du départ du fils l'heure est enfin venue,
Et quand vient des adieux le moment solennel,
— Moment affreux à l'amour maternel ! —
On s'écrie au logis, on pleure, on se lamente;
C'est une scène déchirante.

On s'embrasse une fois,
Et puis deux, et puis trois,
Et je ne sais combien de fois encore;
Tant et tant, qu'à la fin
La pauvre mère dévore
Ses larmes et son chagrin.
L'œil sec, mais non consolée,
Elle donne le signal
Et l'enfant prend sa volée !

Je n'écrirai pas le journal
De la famille désolée;
Qui n'a de ce tableau connu l'original !

Le fils chéri se met donc à l'étude.

Le rossignol est maître impérieux,
Et comme de nos bois le chantre harmonieux
Cherche surtout la solitude,
Tout concourt aux progrès
De l'élève chanteur, et déjà Philomèle
Lui prédit de brillants succès.

Hélas! hélas! cette ardeur et ce zèle
Ne furent que feu follet!
Une mauvaise connaissance,
Un misérable roitelet
Rencontra le chanteur qui, par inadvertance,
Éloigné du logis, bien vite y retournait.

Quand on est jeune on aime à rire,
On se laisse entraîner, on va du mal au pire!

Notre jeune musicien
Écouta longtemps le vaurien,
Qui lui vanta le séjour du bocage,
Tous les charmants plaisirs que permet son ombrage,
Tous les joyeux élans d'une folle gaîté;
Puis, il fit sonner haut, bien haut, la liberté.

La liberté ! c'est le mot à la mode,
On le jette partout, on l'écrit dans le code ;
Mais le droit, le devoir dont il contient la loi,
Qui les a définis ?... Je l'ignore, et pour moi
    J'ai cette triste expérience
    D'avoir entendu plus d'un sot
    Traduire, expliquer ce grand mot
    Par les suivants : excès de la licence !...

    Je me laisse emporter, je pense ;
     Bien au delà de mon sujet.
    J'y reviens, et reprends l'histoire
    Du chanteur et du roitelet.

L'écolier a toujours présents à la mémoire
    Et le bocage et les tableaux
Que son nouvel ami, le gamin des oiseaux,
    A colorés de sa faconde.
Il rêve nuit et jour à ce bienheureux monde
     Où tout est joie et plaisir ;
    Il ne voit plus dans son école
    Qu'une hideuse et dure geôle.

   « J'en veux pour toujours déguerpir, »

Se dit notre écolier. Aussitôt il s'envole
Et le hasard, fatal aux imprudents,
Jette, sur son chemin, à travers les passants,
Le roitelet, son nouveau camarade.
Les deux amis se donnent l'accolade,
Les voilà liés pour toujours,
Et dans le champ de l'escapade
Ils se promettent de bons tours !

Je les tairai, ces tours, assez on les devine !
La mésange, au besoin, à chacun les dirait.
Elle fut des amis bien plus que la voisine,
Car pour la peindre d'un seul trait,
Des oiseaux elle est la grisette.

Adieu souvenir des parents !
Adieu paisible maisonnette !
Adieu bonne et douce retraite
De tous les meilleurs sentiments !
L'échappé de l'école a perdu la mémoire
Du cœur ; il a nié le travail et sa gloire.
Paresseux, libertin, fieffé mauvais sujet,
Voilà ce qu'il devint de par le roitelet.

De tout étudiant telle n'est pas l'histoire,

    Je le déclare franc et net.

En est-il quatre au cent? c'est déjà beaucoup dire.

Le nombre en est-il moins grand? La chose se pourrait.

Mais n'en fût-il qu'un seul, je l'engage à me lire.

SÉCURITÉ.

———

« Les sables soulevés et le désert brûlant
» Annoncent du Simoun le retour effrayant !
» Regagnons l'Oasis, notre asile fidèle, »
Disait à sa compagne une jeune gazelle.
« Hâtons-nous ! viens, ma sœur, regagnons nos palmiers,
» Et nos bois qu'ont blanchis les fleurs des orangers.
» Fuyons ! L'orage est là qui menace nos têtes.
» Tandis qu'au Sahara vont gronder les tempêtes,
» Au milieu de ses flots de pourpre et de vermeil,
» Allons revoir encor notre brillant soleil.

» — D'où te vient, chère sœur, cette frayeur soudaine ?
» La crainte du Simoun jamais ne fut plus vaine :
» L'horizon s'éclaircit, et les sombres vapeurs
» Qui des feux du soleil éclipsaient les splendeurs,
» Cédant au faible effort d'une légère brise,
» En flocons argentés changent leur teinte grise.

» Sous son dôme azuré le désert resplendit ;

» Et le calme du soir nous promet une nuit

» Qui, de l'obscurité détachant quelques voiles,

» Va parsemer le ciel de mille et mille étoiles.

» A leur douce clarté, promptes comme le vent,

» Franchissons le désert ; courons à l'Occident,

» Et là, nous trouverons, chère et tendre compagne,

» Sur les flancs généreux d'une haute montagne,

» Des herbages plus verts et des abris plus frais

» Que ceux de l'Oasis où tu me conviais.

» Une source y jaillit ; grâce à ses eaux limpides,

» On ne craint plus l'effet des courses trop rapides.

» L'Antilope, célèbre entre nos voyageurs,

» A souvent devant toi, devant toutes nos sœurs,

» Pour varier le cours de nos paisibles veilles,

» De ces lieux enchanteurs raconté les merveilles.

» Nous pourrons, au retour, confirmer ses récits,

» Décrire d'autres lieux que ceux qu'il a décrits.

» Si l'œil est un foyer fécondant la mémoire,

» De nos courses, un jour, quand tu feras l'histoire,

» Dociles à ta voix, tes nombreux souvenirs

» Des veilles de nos sœurs charmeront les loisirs.

» Rappelle ta vigueur, arme-toi de courage.

» Commençons dès ce soir notre pèlerinage,

8

» Afin qu'au point du jour, rendus à l'Occident,

» Nous puissions saluer les feux de l'Orient.

» — L'air plus calme et plus pur dissipe le nuage

» Un instant à nos yeux précurseur de l'orage ;

» Mais pourquoi, chère sœur, à l'abri du danger

» Le tenter, le subir sur un sol étranger?

» Le regard pénétrant de la faible gazelle

» Et le feu qui parfois jaillit de sa prunelle,

» S'il lui fut accordé, — n'as-tu pu l'éprouver? —

» C'est pour fuir les périls et non pour les braver.

» Ne tentons point le sort; chasse au loin la pensée

» D'un exil dangereux, d'une course insensée ;

» Gardons-nous de quitter l'Oasis et sa paix,

» Ses tapis de verdure et ses ombrages frais !

» Quels sites nous diraient aux terres étrangères

» Les endroits vénérés où reposent nos mères?

» Nous naissons, nous aimons et nous mourons aux lieux

» Où l'aube de la vie apparut à nos yeux.

» A nos folâtres bonds, à notre course agile

» Suffit de l'Oasis le sol toujours fertile.

» Le lion ou le tigre a-t-il jamais rugi

» Sur ce sol que le sang n'a point encor rougi?

» De ces félicités que le sort nous a faites

» Sachons nous contenter. Aux paisibles retraites

» De l'Oasis fleuri, retournons, chère sœur,

» Car la sécurité, c'est déjà du bonheur ! »

LA GLOIRE DE L'ART.

A M. MILLAUD.

———

Les fictions ingénieuses
Ont de tout temps captivé les esprits ;
Et la Fable, jadis, sous des formes heureuses,
A de graves leçons appliqua sès récits.

C'est elle qui le dit : Autrefois l'hirondelle
Eut un gosier semblable à celui de sa sœur,
La ravissante Philomèle,
Dont elle eut, dans ses chants, la grâce et la fraîcheur.
De même que sa sœur, en un bois solitaire
Progné d'abord établit son séjour,
Et le fit retentir des accents de l'amour.
Là, sa voix brillante et légère,
Célébrant le soleil au lever radieux,

Le saluait encor quand il dorait la terre
    Du dernier éclat de ses feux.

Mais à l'exil des bois devenue infidèle,
    — C'est la fable qui le rappelle, —
Un jour, Progné quitta ses modestes amis,
    Ses dômes verts, ses paisibles abris,
Pour aller conquérir une nouvelle scène.
    Ce fut dans la cité romaine,
    La grande ville des Césars,
    Que la cantatrice sylvaine
Tenta de réunir les amis des beaux-arts.
Mais ce ne fut, hélas ! qu'une espérance vaine !

    Les comices du Champ-de-Mars,
    Le Forum, le Portique,
    Les gladiateurs et le Cirque,
Emportant des Romains jusqu'au moindre loisir,
    On négligea les chants de l'étrangère.
L'acteur perd son talent s'il n'a point de parterre ;
Progné perdit sa voix, et ne sachant que faire,
    Elle apprit à bâtir.

Afin que votre nom soit digne de mémoire,
  Artistes, poëtes, savants,
Ne briguez point des cours la faveur illusoire,
  Les biens, les titres et les rangs
 Sont passagers ainsi que l'hirondelle :
 Le prestige de l'art survit à tous les temps,
 Et la gloire de l'art est la seule immortelle.

COEURS SANS AMOUR.

———

Pluton au messager des Dieux,
 Se plaignait de ses trois furies :
« Elles sont, disait-il, décrépites, vieillies,
 » Même aux enfers leur aspect est hideux !
» Mercure, trouve-moi trois femmes accomplies,
  » Jeunes, aimables, jolies,
 » Pour remplacer Tysiphone et ses sœurs. »

En même temps Junon mandait sa messagère,
 La belle Iris aux brillantes couleurs.
« Pars, lui dit-elle, et trouve sur la terre
  » Trois modèles de beauté,
  » De vertu, de chasteté.
» Dans l'Olympe assemblé je veux les introduire,
» Et donnant à Vénus une utile leçon,

» Lui prouver que Junon

« Sur le beau sexe peut étendre son empire. »

Iris, à ces mots, fend les airs.

Des rives de l'Indus aux monts de l'Hibernie,

Des Hyperboréens à la Mauritanie,

Elle explore tout l'univers.

Puis, regagnant le céleste empyrée,

Seule, elle y fit sa rentrée.

Ce que Junon voyant :

« O chasteté ! vertu ! » — s'écria-t-elle.

« — Grande déesse, dit sa compagne fidèle,

» J'étais près d'accomplir ton message important,

» Et déjà trois familles

» M'avaient offert trois belles jeunes filles,

» Instruites aux leçons d'une austère pudeur,

» Sages comme Minerve, aussi sévères qu'elle,

» Et d'amour en leur cœur

» Pas la moindre étincelle !

» Mais j'arrivai trop tard, hélas !

» — Trop tard, » reprit Junon, « je ne te comprends pas,

» — Mercure pour Pluton les avait retenues,

» Et les chastes ingénues

» Vont habiter le Phlégéton ;

» Pour l'enfer, elles sont parties !

» — Et que veut en faire Pluton ?

» — Il en veut faire trois furies ! »

LA VRAIE SUPÉRIORITÉ.

———

Sur un fougueux cheval un enfant téméraire,
   Fier et joyeux, courait franc étrier ;
Un taureau qui les voit, aussitôt de crier :
   « Honte au cheval, à sa noble crinière !
» Un enfant le dirige !... A bas le cavalier !... »
Le cheval jette à peine un regard en arrière :
   « S'il est honteux, » dit-il, « de le porter,
» Serait-il glorieux de le lancer à terre ? »

L'EXPÉRIENCE.

A MON AMI LE DOCTEUR CAFFE.

Dans une alcôve aux épaisses tentures,
Luttant contre le mal et contre ses tortures,
    Gisait un des riches du temps,
    Qui pour vivre encor quelques ans,
    Aurait volontiers fait largesse
De ses immenses biens, de sa grande richesse.

Moins pour changer le cours de sinistres destins
    Que par acquit de conscience,
Ses héritiers avaient réclamé la présence
    De deux habiles médecins,
Qui, gravement assis, la tête dans leurs mains,
Faisaient près du malade appel à leur science.
L'un jeune mais célèbre, et l'autre déjà vieux,
Pour la première fois se rencontraient ensemble.

    « — Le cas est périlleux,
    » Et tout, il me le semble,

» Annonce une prochaine fin, »
    Dit le vieux médecin.
« Mais cependant, avec de la prudence,
» Du malade on pourrait prolonger l'existence.
    » Usons d'une sage lenteur,
» C'est là que de la cure est toute l'importance.

    » — Je suis, vénérable docteur,
    » D'un avis au vôtre contraire, »
Reprit du doyen le jeune confrère,
« Luttons contre la mort, luttons avec vigueur,
» La vie est à ce prix ; et pour tirer d'affaire
» Notre malade, il faut une réaction
» Forte et prompte ; telle est ma ferme opinion. »

Les deux hommes de l'art longuement discutèrent
Sans se mettre d'accord. Leurs avis opposés
    Aux parents furent proposés,
    Et ces bons parents opinèrent
    Pour l'avis du jeune docteur,
Qui leur parut le plus sûr, le meilleur,
Et qui fut accepté dans sa formule entière.
Deux jours après, les héritiers **en** deuil

Suivaient un char pompeux surchargé du cercueil
   De leur parent que l'on menait en terre.

A quelque temps de là, chez un autre Mondor,
     Même cas, même maladie,
       Et cette fois encor
La consultation se trouve départie
Aux mêmes médecins ; mais cette fois aussi
   Le vieux docteur ne prit aucun souci
De la prescription de son jeune confrère,
     En tout conforme à la première ;
     Ce fut la sienne qu'on suivit,
    Et l'on fit bien, le malade en guérit.

    Dans les arts et dans la science,
   Rien n'est complet que par l'expérience.

ESPRIT DE LA SERVITUDE.

A MON AMI GEORGES SCHWOOB.

———

Pliant sous le poids des fardeaux,
Condamnés chaque jour aux plus rudes travaux,
Meurtris de coups, accablés de blessures,
Et succombant à d'affreuses tortures,
Les ânes se plaignaient au grand maître des cieux,
Des cruels traitements qu'on exerçait sur eux :

« — Les hommes, disaient-ils, nos maîtres implacables,
» Malgré tous les efforts dont nous sommes capables,
    » Ont toujours recours au bâton ;
» Il est à notre égard leur unique raison.
» Mais les coups redoublés, les cris et les colères,
        » S'ils augmentent nos misères,
» Ne nous changeront point. Tu ne nous formas pas,
    » Grand Dieu, pour lutter de vitesse,
    » D'agilité, de souplesse,

» Avec les animaux qui courent ici-bas.

» Nous venons implorer ta suprême justice.

    » La servitude est notre sort,

    » Nous acceptons ce sacrifice ;

» Mais la longue torture est une lente mort

» Dont tu ne voulus point nous faire le supplice ! »

Du destin des mortels, l'arbitre tout-puissant,

    A l'orateur de la grise cohorte

        Répondit de la sorte :

« — Vos griefs sont fondés, et cependant

    » Je ne vois pas trop comment

    » Faire droit à votre requête,

» Car il faudrait que l'homme eût bien mis dans sa tête

    » Que de vos pas l'excessive lenteur

» N'est point de la paresse ; or, tant que son erreur

    » Subsistera, l'effet sera semblable

» Et vous serez battus. Mais néanmoins je veux

    » Rendre votre sort supportable,

    » Si je ne puis accomplir tous vos vœux.

» L'insensibilité sera votre partage ;

» Votre peau lassera le bras du conducteur,

» Quels que soient son courroux, son âge et sa vigueur.

» — Gloire au grand Jupiter ! Il est clément et sage, »

Crièrent les baudets. — « Gloire à notre sauveur ! »

L'ARROGANCE.

Rassasié de feuilles de mùrier
Et mis en un cornet de fin et blanc papier,
   Un ver à soie étendait en silence
     De ses fils d'or le premier jet;
     Avec ardeur il procédait
     A leur éphémère ordonnance.

Tandis qu'à son travail l'insecte industrieux
     Se montrait actif et soigneux,
     Au centre de sa toile sombre,
   Une araignée alors tissait dans l'ombre,
Et jetait sur le ver des regards envieux.
Celui-ci, par hasard, ayant levé les yeux,
Vit la légère toile au plafond suspendue,
   Et l'ouvrière à la patte velue :

— Que fais-tu donc là-haut ? dit-il au tisserand
     Femelle, « — Ignorant ! »

Répondit aussitôt l'araignée en colère,
   » Tandis que, dans ta basse infimité,
     » Tu ne files que pour la terre,
     » Je tisse pour l'éternité ! »

A ces mots insolents qui prêtaient fort à rire,
L'admirable fileur ne trouvait rien à dire ;
     Mais c'était l'heure où chaque jour
     Une soigneuse chambrière,
     De la maison faisant le tour,
     Enlevait partout la poussière.
     Avisant la toile au plafond,
     Aussitôt d'un rapide bond,
     Notre chambrière s'élance,
Et d'un coup de balai, châtiment mérité,
     Lance dans l'éternité
     L'araignée et son arrogance.

LIVRE SIXIÈME.

LES AMIS DU MAESTRO.

A MON AMI F. SAIN.

———

Parmi les oiseaux du bocage,
Chantres aériens au doux et gai ramage,
     Le virtuose de nos bois
     Se résolut à faire choix
     D'un compagnon sûr et fidèle ;
D'un ami dont le cœur et la voix fraternelle
     Charmeraient tour à tour
De ses ombrages frais l'asile solitaire ;
     Qui l'aimerait comme on aime son frère ;
     Et pour lequel il aurait, en retour,
     Soins délicats et tendre prévenance ;
     Pour ses défauts de l'indulgence ;
Heureux ou malheureux et quel que fût son tort,
     Un dévouement de la vie à la mort.

« La douleur que le temps, par intervalle, amène,
  » Fatalément nous condamne à souffrir ;
» Mais en la partageant, on abrége la peine,
» Comme en le partageant on double le plaisir !

» Vivre seul, à l'écart des siens et de sa race,
» N'avoir point de compagne et n'avoir point d'ami,
» C'est des routes du cœur vouloir perdre la trace,
    » Et c'est ne vivre qu'à demi.

» Oh ! je le trouverai, ce compagnon fidèle,
» Ce lien dont le charme unit le cœur au cœur ;
» Mes chants y gagneront une grâce nouvelle,
» Et mes airs favoris auront plus de fraicheur.

» Que le vent se déchaîne ou que gronde l'orage,
» A l'abri de leurs coups, sous un épais feuillage,.
» Calmes, nous attendrons que, devenu plus pur,
» Le ciel ait revêtu son beau voile d'azur.

» Quand la brise du soir de parfums saturée,
» Montera de la plaine à la voûte azurée,
» Tous deux nous chanterons, d'une commune voix,
» L'amitié retrouvée au plus profond des bois. »

Voilà ce que, perché sur la branche d'un hêtre,
Pensait le rossignol, ce qu'il chantait peut-être !
Voilà comme, à travers le prisme décevant
De l'espoir, l'avenir lui paraissait brillant !

Un soir, on entendit sous la verte ramée,
Ces mots qui s'échappaient de la brise embaumée :
 « Un ami pour le rossignol ! »
Et l'écho répétant la phrase cadencée,
Le chêne l'accueillit sur sa tête élancée,
  Comme le buisson sur le sol.

Des artistes du bois, des chantres du bocage,
  Ce fut à qui s'empresserait,
  Ce fut à qui, le premier, briguerait
   Ce noble et brillant avantage.
   Hélas ! pas un ne comprenait
   De l'amitié l'heureux servage,
    Et pas un ne voulut
Accepter, de tous points, l'existence du maître.
Se dire son ami, pour le moins sembler l'être,
De tous et de chacun, c'était l'unique but.

Aussi, dès que, semblable aux songes,
Qui content au sommeil leurs frivoles mensonges,
Sur ses ailes de feu l'été se fut enfui,
Visiteurs passagers, inconstants comme lui,
    Et semblables à l'hirondelle,
    Qui s'envole au temps nébuleux,
Ces amis, devenus chaque jour moins nombreux,
    Partirent tous à tire-d'aile.

Le front découronné de ses dernières fleurs,
L'automne s'éloigna les yeux mouillés de pleurs ;
Plus triste encore et plus désolé qu'elle,
Sur un rameau brisé languissait Philomèle.
Il mourut !... De douleur l'écho resta sans voix,
Et le deuil s'étendit au silence des bois.
Mais de tous les amis dont la foule pressée
A suivre ses leçons se montrait empressée,
Nul ne vint recueillir ni les derniers adieux,
Ni le dernier soupir du chantre harmonieux !

RÉHABILITATION.

A M. CHARLES FAUVETY.

Les blés étaient coupés. Chassé de sa retraite,
Un lièvre allait trottant vers le coteau voisin,
   Quand tout à coup il voit dans le lointain,
Des chasseurs que suivait une meute complète.
     C'était le cas ou jamais
De rebrousser chemin, de faire fausse route,
    De se blottir coûte que coûte
    Dans le buisson le plus épais.
C'est ce que fit le lièvre au prix d'une écorchure ;
    Qu'était-ce en comparaison
    D'une décharge de gros plomb ?

Le buisson lui fournit cachette bonne et sûre.

Quand tombèrent du jour les dernières lueurs,

     Et quand, enfin, la nuit propice

Étendant sur le sol son ombre protectrice,

Fit rentrer au logis la meute et les chasseurs ;

     Pour notre lièvre ce fut l'heure

     De regagner sans danger sa demeure.

     Mais avant son départ :

                   « Ami buisson, »

Dit–il, « Tu vaux bien mieux que tu n'as de renom.

     » Sans le fourré de ton branchage,

» C'en était fait de moi ! — Merci de ton ombrage ! »

A ces mots le buisson s'agita doucement.

     Un léger frémissement

     Courut dans tout son feuillage.

« Enfin ! » — s'écria-t-il, — le lièvre était bien loin !

« Après tant de mille ans, voilà donc un témoin !

» Et pour moi, dès ce jour, la justice commence !

» A les entendre tous, symbole d'arrogance,

     » Je suis égoïste, méchant,

       » Il n'est pas un passant

     » Que je n'accroche, ne déchire !

» Voilà ce que partout chacun se plaît à dire.

» Et cependant
» Méritai-je ces injures !

» Quand revient le printemps
» Mes fleurs à la fille des champs
» Offrent ses plus fraîches parures.

» Si d'une épaisse toison
» A mes saillantes épines
» S'attache un mince flocon ;
» Si gazes et mousselines
» Viennent orner mes rameaux
» De leurs élégants lambeaux ,
» Ces larcins involontaires,
» A qui servent-ils ? — Aux mères
» De tous nos petits oiseaux.
» Je fais les nids de fauvette.

» Sous mon abri ténébreux,
» La modeste violette
» Réserve à la bergerette
» Son parfum délicieux.

» En été, ma noire mûre

» Désaltère le passant ;

» Et dans l'hiver, le manant

» Engourdi par la froidure,

» Peut dire, en se réchauffant,

» Que mes fagots de broussailles

» Valent mieux que feux de pailles.

» Voilà ce que je fais, et voilà qui je suis !

› Voilà comment j'appartiens au grand Être,

» Comment aussi je fais tout le bien que je puis !

» Qui le sait ?... un lièvre... peut-être ! »

L'ÉCLAT D'EMPRUNT.

Des abeilles un jour allèrent s'établir
  Dans le creux d'un pommier sauvage
  Qu'elles parvinrent à remplir
Des trésors de leur miel. Fier de cet avantage
Produit par le hasard, dès lors notre pommier,
  Se croyant un grand personnage,
  De son confrère le poirier
  Dédaigna le bon voisinage.
Mais celui-ci, piqué d'un injuste dédain,
  Finit par dire à son voisin :
  « D'une douceur accaparée,
» C'est tirer sans profit sottement vanité :
» Ta pomme, crois–le bien, n'en est pas plus sucrée
  » Et n'a pas moins d'acidité. »

VÉRITABLE ÉCONOMIE.

———

Bravant le chaud, le froid, l'intempérie,
Un vieux cultivateur soignait sa métairie,
De l'aube au déclin du jour.
Il labourait son champ, engraissait sa prairie.
Plantant et semant tour à tour ;
Il récoltait de sa terre,
La fertile moisson que, mère nourricière,
Elle accorde toujours au travail incessant.

Un soir que de bois sec portant une ramée,
Après avoir fini sa tâche accoutumée,
Notre homme allait regagnant
Et sa famille et sa chaumière,
Il vit tout près d'une clairière,
A l'ombre d'un tilleul,
Apparaître un fantôme au long et blanc linceul.

De frayeur son âme est saisie ;
Tremblant, il recule d'effroi.
« Je suis, dit le fantôme et d'une voix amie,
» Salomon ; tu n'as rien à redouter de moi,
» Ton intérêt seul ici-bas m'attire,
» Et je viens pour t'entendre dire
» Ce que tu fis depuis le temps
» Où tu vins recourir à mon expérience. »

Remis de sa frayeur,
Notre bon laboureur
Répondit avec assurance :
« — Pourquoi m'interroger ?
» Salomon sur ce point ne peut rien ignorer :
» Il sait ce que j'ai fait aussi bien que moi-même ;
» Il sait que par son ordre et dès mon vert printemps,
» J'allai chez la fourmi : fidèle à son système,
» Au travail j'ai voué tous mes jours, tous mes ans ;
» Il sait que mes greniers et mes granges sont pleines,
» Et que tant que le sang coulera dans mes veines,
» Un dur labeur...

» — Arrête, mon ami ! »
Répondit Salomon : « — Va revoir la fourmi,

» Avec raison je t'y convie,

» Car elle t'apprendra qu'au déclin de la vie,

    » C'est ne vivre qu'à demi

  » Que vivre avec parcimonie.

    » Jouir sans abuser,

  » C'est là la bonne économie,

  » Car c'est savoir se conserver. »

LA RÉSIGNATION.

A MADAME EUGÉNIE DUFLOCQ.

———

La brebis, exposée à toutes les injures
     Et lasse des tourments
Qu'une autre qu'elle eût appelés tortures,
Fit entendre à Jupin de douloureux accents.
   En appelant à toute sa clémence,
Elle le suppliait d'adoucir sa souffrance.

Avec bonté Jupin accueillit la brebis :
« — Oui, je le reconnais, ma bonne créature,
» Contre tous les dangers ta défense est peu sûre,
» Je puis tout réparer... Voyons, dit-il, choisis :
» Dois-je mettre en ta bouche une dent meurtrière ?
» Faut-il armer tes pieds de griffes, d'une serre ?

10

» — Je ne veux rien avoir, » dit la douce brebis,
  « De l'animal de proie ou de rapine.

    » — Te donnerai-je, » dit Jupin,
« Et le dard du serpent et son mortel venin ?
    » — Grand Dieu , que ta bonté divine
    » M'évite ce honteux affront :
» Des serpents venimeux la race est abhorrée.
    » — Si je plaçais des cornes à ton front,
» Tu deviendrais plus forte, aussi moins timorée.
    » — Je refuse encor ce présent,
» Je ne veux point du bouc l'humeur atrabilaire.

  » — Et cependant, » reprit le maître de la terre,
    « Pour que tu puisses aisément
» Éviter qu'on te nuise, il faut nuire toi-même.

  » — Il en serait ainsi ! » repartit la brebis,
De bonté, de douceur rare et touchant emblème ;
    « Laisse-moi telle que je suis,
    » En moi ne change rien, mon père.
» Si j'acceptais tes dons, il pourrait advenir

» Que je changeasse aussi de caractère :
» La faculté de nuire amène le désir
    » De nuire, et j'aime mieux souffrir
    » L'injustice que la faire. »

RETOUR SUR SOI-MÊME.

———

Un loup touchant à son heure dernière,
Sur son passé jetait un regard scrutateur.
« Oui ! je le reconnais ! je suis un grand pêcheur,
» Disait-il hautement. — Cependant, je l'espère,
» Il en est de plus grands, car si je fis le mal,
» Je fis aussi le bien, et je le dis sans gloire.
  » En interrogeant ma mémoire,
» Tout au moins le second au premier fut égal.
» Je me souviens qu'un jour, de sa troupe égarée,
» Une pauvre brebis vers moi vint en bêlant.
  » Un autre loup l'eût dévorée,
» Mais moi je la laissai passer tranquillement.
» Puis, à la même époque, avec indifférence,
» J'écoutai d'un mouton la sotte impertinence
  » Et les propos plus que railleurs,
» Pourtant il m'insultait loin de ses défenseurs.

— » De tout ce que tu dis j'ai bonne souvenance, »
Reprit certain renard dont les soins empressés
Soutenaient du vieux loup la triste défaillance.
« Je jurerais qu'ainsi les faits se sont passés
» Le jour où, répondant à ta voix lamentable,
    » Une cigogne charitable
  » Vint retirer avec habileté
» L'os qui dans ton gosier demeurait arrêté. »

INDICES CERTAINS.

AU DOCTEUR CASTLE.

———

Sur la grande voie Appienne
Ou toute autre route romaine,
Le renard, un jour, cheminant,
Fit tout à coup la découverte
Du masque d'un acteur. — « C'est tête de géant, »
Dit-il ; mais, de plus près l'examinant :
  « Point de cervelle et bouche ouverte :
» C'est, » reprit-il, « la tête d'un bavard ! »

Ce jugement du renard
Est celui d'un moraliste,
Maintenant au phrénologiste
A démasquer le babillard.

L'ENVIE.

—

« — Que n'ai-je en mon pouvoir ta force et ta vitesse! »
Disait un jour au tigre un renard envieux,
« — N'est-il donc rien en moi qui te convienne mieux? »
    Reprit le tigre avec finesse.

« — Je ne vois rien. — Quoi! ma robe fourrée
» Ne te tenterait pas? Cette peau bigarrée,
    » Ses nuances et sa couleur
    » Te donneraient une grande valeur.
» Si tu la possédais, chacun à l'instant même,
» Pourrait de tes penchants y retrouver l'emblème.
» — Voilà précisément, » reprit notre envieux,

« Ce qui pour moi ne saurait être,

» Car aux regards d'autrui je ne veux point paraître

» Ce qu'en effet je suis. Et pourtant, plût aux Dieux

» Qu'au lieu de tous mes poils des plumes pussent naître ! »

UN CONSEIL.

Poëte dont le vers sottement orgueilleux,
Dans le même sujet mêle la terre aux cieux,
    Mets à profit cette morale,
    Qu'à l'alouette matinale
Adressait de nos bois le chantre merveilleux :

« Si ton vol est hardi, s'il va frapper la nue,
» C'est que tu ne crains pas là-haut d'être entendue. »

LIVRE SEPTIÈME.

L'AMOUR MATERNEL.

A MADAME ÉLISE DUTEIL D'OZANNE.

———

Sur le bord d'un ruisseau, dans un épais bosquet,
Loin du bruit de la ville et de l'œil indiscret,
Une fauvette, — encore une excellente mère ! —
Avait placé son nid, asile du mystère.
Tantôt à ses petits, tantôt sur le buisson,
Faisant tantôt le guet, tantôt provision,
Attentive nourrice, alerte sentinelle,
   De dévouement, de tendresse et d'amour
   Notre fauvette était un vrai modèle ;
Modèle qu'autrefois, à la ville, à la cour,
On eût longtemps cherché parmi les grandes dames
Qui laissaient leurs enfants aux soins des étrangers ;
   Mais rayons-les de nos papiers,
   Celles-là n'étaient pas des femmes !

   Pour l'honneur de l'humanité,
   Une trop coupable allégeance,

Des saints devoirs de la maternité,
Se fait moins remarquer en France,
Et je constate avec bonheur,
Que les petits enfants, ces idoles du cœur,
Bercés avec amour dans les bras de leur mère,
Sont rarement jetés au sein de l'étrangère !

Cela dit en passant je redeviens conteur.

Exemple des mères nourrices,
La fauvette voyait prospérer ses petits,
Son unique trésor, ses plus chères délices,
D'un mutuel amour les heureux et doux fruits.
Tête noire, œil brillant, luisant et beau plumage,
Légers gazouillements, tous les dons du jeune âge,
Ils en étaient comblés ! Encore quelques jours,
Et puis, la clef des champs, et puis large carrière !
Et puis, la liberté !... la liberté toujours !
Ils seront donc heureux ! Plus heureuse leur mère,
Car elle touche au but !... Mais voilà cependant
Que retentit au loin un sourd mugissement ;
De gros nuages noirs éclipsent la lumière
Du jour, et les averses et les vents
Mêlés aux éclats du tonnerre,

Ont ravagé bientôt les vergers et les champs.

    La couvée est de peur saisie ;

Mais pour la garantir des injures du temps,

La fauvette étend l'aile, et ses petits tremblants

    Sont à l'abri du vent et de la pluie.

L'ouragan déchaîné redouble de fureur,

Ébranle et fait plier le rameau protecteur

Qui supporte le nid. Anxiété nouvelle

    Et plus grande terreur !

Enfin des éléments s'appaise la querelle,

Un rayon lumineux sur le nid a passé,

Le ciel devient serein, et l'orage a cessé !

On respire au logis, bien ou mal on s'en tire,

Et quoique morfondu l'on se surprend à rire ;

On expose au soleil son plumage trempé ;

On se réchauffe, on siffle et l'on pense au soupé.

Hélas ! nouveau malheur !... Le vent, sa violence

A tout anéanti : plus le moindre morceau

De ces bons aliments qu'une sage prudence

Recueillait chaque fois que le ciel était beau !

Dans cette extrémité, que fera la fauvette ?

    Le jour décline, il se fait tard ;

    Déjà le cri de la chouette

    Semble interdire à la pauvrette

De tenter au dehors les chances du hasard.

    Les mères calculent-elles,

    Quand le danger menace leurs enfants ?

Pour braver les périls et les rendre moins grands,

    Leur dévouement prend de rapides ailes.

Notre fauvette part, effleure le ruisseau,

Cherche de tous côtés ; mais, ô peine cruelle !

De moucherons, de grain, pas même une parcelle !

Dans les champs, rien !... «'Là-bas un passereau

  » Sautille..... autour de lui que d'orge !

  » Comme il paraît heureux, et comme il se rengorge !

  » Le bonheur est donc là !... volons-y ! Mes petits,

    » Nous serons bientôt réunis ! »

    Dit la fauvette, et, la tête baissée,

    Notre pauvre mère abusée

Fait sa provision ; mais voit trop tard, hélas !

Qu'un filet la recouvre et qu'elle est prise au lacs !

Qui ne comprend alors de la mère captive
     La poignante douleur?
Elle n'entend plus rien, hormis la voix plaintive,
Qui, partant du bosquet, lui vient briser le cœur.
Elle ne voit plus rien que le nid en alarmes,
Le père au désespoir et la couvée en larmes.
    Mais quand la main de l'oiseleur
    Vient pour saisir la pauvre mère,
    Prévoyant son heure dernière,
Son dernier cri, c'est un acte d'amour :
« Pitié! pour mes petits! laisse-moi les rejoindre.
» Pour la douzième fois dès que tu verras poindre
  » L'aurore... ici je serai de retour.
» Et libre des devoirs que m'impose l'amour,
   » Je me rendrai ta prisonnière! »

— « Peste! fit l'oiseleur, la chose est singulière !
» Jamais le rossignol dans ses concerts brillants,
  » N'eut comme toi de suaves accents,
  » Ne modula si douce mélodie.
» Il serait insensé de s'en prendre à ta vie ;
  » Mais te rendre la clef des champs,
  » Ce serait insigne folie ! »

                   11

Le moment était solennel :

Aussi plus de cris, plus de larmes ;

C'est dans le désespoir que l'amour maternel

Devient sublime et de tout fait ses armes.

Le bec de la fauvette aux doigts de l'oiseleur,

S'acharne donc avec fureur ;

Il les harcelle de morsures ;

Les couvre de mille blessures.

Des ailes et du bec elle fait tant enfin,

Que l'oiseleur ouvre la main.

Qu'importent les douleurs d'une lutte sanglante?

De joie et de douleur la mère palpitante,

Aussi rapide que le trait

Lancé par le chasseur, a revu le bosquet ;

Elle a revu son nid, sa demeure chérie,

Chacun de ses petits qu'elle avait cru perdus ;

Et que depuis ce temps elle aima deux fois plus,

Pour avoir à chacun deux fois donné la vie.

LE PAYS NATAL.

Frêle et léger esquif détaché de ton bord,
Cède aux coups mesurés de la rame flexible ;
Sous son dôme azuré quand la mer est paisible,
Hâte-toi, nautonnier, de m'éloigner du port.
Demain, peut-être, hélas ! l'effrayante tempête,
Des vagues en courroux soulèvera la crète ;
Ce rivage qui fuit si calme maintenant,
Demain laissant au flot redoutable avalanche,
Rouler de lourds cailloux sous son écume blanche,
Retentira d'un long et sourd mugissement.
Imprime ton sillage, ô ma barque légère,
Sur la surface unie où l'Alcyon joyeux
S'abandonne sans crainte à ses folâtres jeux.
Ta barre dans la main, je veux revoir la terre,
Le pays, le beau sol où je reçus le jour,
Les champs que je foulai dans ma joyeuse enfance,

Les monts que je gravis dans mon adolescence,
Et dont j'ai pour jamais délaissé le séjour.

Au large, mon esquif! Je veux revoir encore
Le magique tableau que le soleil colore ;
Je veux d'un seul regard embrasser l'horizon,
Et puis, portant mes yeux de la Seine à la Hève,
Distinguer tous les points de cette immense grève.
Rameur, suspends tes coups! Salut, vaste maison
Dont le toit abrita ma famille nombreuse,
Où mon aïeul comptait dans sa vieillesse heureuse,
Chaque soir, à sa table, en cercle rassemblés,
Trois gendres et trois brus, et trois fils et trois filles,
Et vingt jeunes enfants espoir de six familles !
Ce décevant espoir si longtemps caressé,
Dieu seul le sait, comment s'est-il réalisé ?
La maison de l'aïeul d'un long crêpe est couverte ;
La salle du festin, et muette et déserte,
Rappelle dans mon cœur un pieux souvenir
De filial amour mélangé de plaisir.
Je vois comme jadis le vieillard vénérable,
Et son calme visage et son sourire affable.
Je le vois entouré d'enfants, blonds chérubins,
S'empressant à qui d'eux lui baiseront les mains

Les premiers. Je le vois, penchant sa blanche tête
Et respectant le droit d'une douce conquête,
Imprimer tendrement sur le front des derniers
Moins agiles, moins prompts, d'affectueux baisers.
A tous ses petits-fils prodiguant ses caresses,
A ses filles, ses fils prodiguant ses tendresses,
Il exerce sur tous un pouvoir enchanteur :
Le pouvoir absolu, c'est l'empire du cœur !...

Une noire vapeur, en traversant l'espace,
De l'antique maison me fait perdre la trace,
Et, pour la retrouver, mon œil cherchant en vain
Se porte malgre lui sur une place sombre,
Que de hauts peupliers encadrent de leur ombre.
C'est le champ du repos !.. asile souterrain
Où des fils de l'aïeul gît la dépouille sainte ;
Conviés de la mort, ils ont franchi l'enceinte
Dont leur chef vénéré leur montra le chemin !

. . . .

Salut, riant coteau, magique amphithéâtre,
Tes gazons inclinés, de mes jeux le théâtre,
Ont transformé l'éclat de leurs longs tapis verts.
De groupes verdoyants je les vois tous couverts,
Ces cottages charmants où règne l'opulence, .

Rivalisant de goût, de grâce et d'élégance,
Du coteau d'Ingouville, où l'art les éleva,
Vont se grouper bientôt avec magnificence
Jusqu'au roc solitaire où soupirait Héva.

A l'extrême horizon, à travers le feuillage,
S'élève le clocher d'un modeste ermitage.
Là, comme au temps passé, les pieux matelots,
Echappés aux fureurs des vents et de l'orage,
Viennent se prosterner devant la sainte image,
De l'Étoile des mers qui les sauva des flots.

Combien de fois, enfant, dans une course agile,
Sur ce sable brillant et doux comme l'argile,
Ai-je imprégné gaiement la trace de mes pas !
Mes frères, mes amis partageaient mon ivresse.
Hélas ! ces compagnons de ma tendre jeunesse
A ma voix aujourd'hui ne se lèveront pas !

Les premiers sont tombés encore pleins de vie;
Les seconds, de leur siècle épousant la folie,
Vers l'idole du jour se sont précipités,
Empressés aux festins que leur sert la richesse;
C'est dans ses coupes d'or qu'ils vont puiser l'ivresse
Qui des liens du cœur les a déshérités.

S'ils n'ont jamais trouvé la fortune volage,
Ils n'ont jamais compris la valeur d'un ami,
Puissent-ils, parvenus au déclin de leur âge,
Ne pas justifier ce court et vieil adage :
« Qui ne sut pas aimer ne vécut qu'à demi.

Les amis de Crésus, ainsi que l'hirondelle
Si le ciel s'obscurcit et devient nébuleux,
Cherchent d'autres climats et fuient à tire-d'aile,
Quand les riches flambeaux ont éteint tous leurs feux.

Mais l'homme que n'a point aveuglé la fortune,
Si le hasard conduit a travers son chemin
Un vieil et bon ami dont il serre la main,
Ne lui demande point d'une voix importune,
Ou quelle est sa richesse, ou quel est son destin.

Il le serre en ses bras; il lit sur son visage
La tendre émotion que lui-même il partage ;
Pour guider sa mémoire, il consulte son cœur ;
Il redit longuement d'une joyeuse vie,
Et les heureux transports et l'aimable folie ;
Les jeux de son enfance et sa bouillante ardeur ;

Les moments fortunés où jamais la tristesse
Ne vint de ses plaisirs corrompre l'allégresse.
A ces doux souvenirs il donne un libre essor,
Et près de son ami se trouve jeune encor.

Qui n'a souvent rêvé pour le soir de sa vie,
Sur le fertile sol de sa mère-patrie,
Ces heureux passe-temps de douce intimité,
Sur un coteau riant et du nord abrité,
Qui n'a souvent rêvé quelques arpents de terre,
Un verger ombrageant une étroite chaumière,
Où quelques bons amis, à la fraîcheur du soir,
Viendraient voir le vieillard, bien plus que le manoir?

. . . .

. . . .

Le tableau s'obscurcit; mes humides paupières,
Cachent à mes regards le berceau de mes pères !
Rameur, c'en est assez ! va ! regagnons le port.
Que ce soit dans la ville ou hors de son enceinte,
D'une douce amitié la fraternelle étreinte
Doit me dédommager des caprices du sort.

UNE PETITE FLEUR.

A NELLY ROGET, LE JOUR DE SA NAISSANCE.

Née avec la pâle aurore,
Charmante petite fleur,
Doux présent, rare primeur
Que décembre voit éclore ;
Frais, délicat rejeton
D'une tige précieuse,
Petite fleur gracieuse
Dis–moi bien vite ton nom !

Dis !... comment t'appellerai–je,
Myosotis ou muguet ?
Ou marguerite, ou bluet ?
O toi, qui perçant la neige,
Trois mois avant le printemps,
Par le froid viens nous surprendre,
Sans doute pour nous apprendre
Qu'il naît des fleurs en tout temps.

Un nom ! c'est chose qui passe,
Léger bruit qui frappe l'air,
S'évanouit dans l'éther
Et ne laisse aucune trace.
Petite fleur, j'aime mieux
Un souvenir plus vivace,
Et celui qu'offre ta grâce
Séduit et charme mes yeux.

Petite fleur si gentille,
Et de forme et de couleur,
A ton éclat, ta fraîcheur
Je reconnais ta famille ;
Ton nom n'est plus un secret,
Ici je pourrais le dire
Si sur son aile Zéphire
A chacun ne le portait.

Il n'est besoin de parole
A ce messager muet ;
Un souffle de l'indiscret
Fait entr'ouvrir ta corolle,

Et le doux parfum du cœur,
Qui tout à coup s'en exhale,
Fait dire à chaque pétale :
Amour, plaisir et bonheur !

LE BONHEUR DANS LE MARIAGE.

———

Du siècle où nous vivons, c'est l'étrange manie,
De réunir chez soi nombreuse compagnie ;
De peupler les salons splendidement parés
De gens, pour la plupart, par le luxe attirés ;
De femmes dont la mise et la fraîche élégance,
Annoncent tout d'abord le faste et l'opulence ;
Mais que peut-être, hélas ! la détresse en haillons
Exilera bientôt de ces riches salons ;
D'indifférents, d'oisifs dont l'unique mérite
Est de placer à temps leurs cartes de visite ;
De jeunes désœuvrés et de vieux élégants
En quête d'une dot au prix de soixante ans ;
Et de joueurs, enfin, qui pour gonfler leur bourse,
Ont fait du tapis vert leur dernière ressource.

D'un autre cercle, ailleurs, j'ai décrit dans mes vers,
La stupide ordonnance et l'orgueilleux travers.

Je n'ai rien dit encor des cercles moins vulgaires,

Bonnes traditions des salons de nos pères,

Où la forme et le goût toujours s'harmonisant,

Colorent la raison d'un reflet ravissant ;

Où la femme d'esprit parle sans pruderie,

    Et le savant sans vanité ;

    Où la fine plaisanterie

Tempère avec bonheur la grave austérité

Des points les plus ardus de la philosophie.

Admis dans l'un de ces cercles heureux,

    Où l'observateur curieux

    Ne se lasse jamais d'entendre,

Par la bonne raison qu'il peut toujours apprendre,

    Je me tenais silencieux

Et j'écoutais : donc, on parlait de mariage,

    De tendre et d'intime union,

Aucun autre sujet ne m'eût plu davantage,

    Et je fus tout attention.

On prétendait, si j'ai bien souvenance,

Que, pour se maintenir, la bonne intelligence

Dépend le plus souvent d'une concession

    Faite à propos. — Quelque léger nuage

Peut cependant assombrir l'horizon

    Qui plane sur un bon ménage ;

      « — C'est l'ombre au tableau, disait-on.

      » — Que si parfois gronde l'orage,

      » Le calme le suit de près,

» L'air un moment troublé redevient pur et frais,

      » Et l'on s'aime plus que jamais. »

Aux divers jugements que je viens de redire,

    On applaudit du geste et du sourire.

      Une douce voix cependant,

Saisissant le moment, fit d'un couple modèle

      Le tableau le plus saisissant.

Elle ne nous dit point si la femme était belle,

    Si le mari lui-même était charmant ;

Mais ce qu'elle affirma, c'est le rare assemblage

      De tous les éléments

    Qui font le plus heureux ménage :

D'aucun côté, ni souci, ni regret ;

Si d'une part, jamais une parole dure,

    Jamais de l'autre un regard inquiet ;

    Chez ces époux l'existence coulait

Comme du frais ruisseau l'onde limpide et pure.

A ce tableau d'un bonheur si parfait,
Chacun de nous de crier au prodige,
    Quand un auditeur indiscret
    Fit évanouir le prestige
    Qui sous son charme nous tenait.

« — De cette liaison, aussi calme qu'heureuse,
» Le récit est exact, mais l'aimable conteuse
» A, dit-il, négligé la cause pour l'effet ;
» Et la chose n'est pas aussi miraculeuse
    » Que tout d'abord elle vous le paraît.

» De la bonne union voici tout le secret :
» La femme était aveugle et le mari muet. »

SOTTE RIVALITÉ.

Par l'effet du hasard marqué comme est le zèbre,
  Un âne se croyant célèbre
  Eut l'insigne stupidité
D'entrer en lice avec un beau cheval de chasse
Et de lui disputer le prix d'agilité.
Qui des deux l'emporta sous silence se passe,
Car l'âne fut l'objet de la malignité
  De la foule nombreuse
Appelée à juger la course aventureuse.
Mais voyez jusqu'où va d'un sot la vanité !
 « Je sais, dit l'animal à la grotesque allure,
 » Pourquoi de ce défi je n'obtins point l'honneur :
 » Aisément du cheval j'eusse été le vainqueur,
 » Si mon pied ne saignait encor de la blessure
 » Que lui fit récemment l'épine d'un buisson,
 » Tandis que je chassais à côté du lion.

ORGUEIL ET NULLITÉ.

—

Heureusement échappé de la cage
    Qui le retenait prisonnier,
Un jeune sansonnet regagnait du bocage
      Le protecteur ombrage
    Et le taillis hospitalier.

Le ci-devant captif, fier de sa délivrance,
    Battant de l'aile et sifflant tour à tour,
      Célébrait ainsi son retour
    Aux lieux chéris de son enfance.

Tout près de lui, perché sur un ormeau,
Se tenait un coucou. Le vaniteux oiseau,
D'un artiste fameux affichant l'importance,
Dit au nouveau-venu : — « Que pense la cité
    » De nos concerts et de nos harmonies ?
 » De notre rossignol les riches mélodies
      » Y font-elles autorité ?

» — Il n'est pas une oreille
» Qui ne se tende à ses airs ravissants ;
» On le proclame la merveille
» De tous les artistes chantants.

» — Que pense-t-on de l'alouette ?
» — On prise assez sa chansonnette,
» Ses gais et joyeux refrains ;

» — Et que disent les citadins
» Du merle? » — Il n'est point mis à l'ombre,
» Il compte même un bon nombre
» D'amis et de partisans.

» — Merci de ces renseignements,
» Ils me témoignent qu'à la ville,
» On peut avoir du goût et du bon sens.

» Encore un mot ! la réponse est facile :
» Que pense-t-on de mes chants et de moi ?
» — Je le déclare sur ma foi,
» Je n'en ai rien entendu dire, »
Reprit le sansonnet avec un fin sourire.

« — Eh bien !.. reprit alors le coucou furieux,

» De ces musiciens ignares,

» De cette horde de barbares

» Qui n'ont su reconnaître un talent précieux,

» Je saurai repousser l'injurieux silence :

» Parler toujours de moi, ce sera ma vengeance ! »

L'ISOLEMENT.

A M. L. E. RICHARD.

———

La pie allait criant et par vaux et par monts,
  A travers plaines et vallons,
Répandant en tous lieux une grande nouvelle :
  « Soyez attentifs, » disait–elle,
« Échos, et de ma voix répétez tous les sons.
» Dix siècles ont passé, le Phénix va renaître,
» Demain, avant l'aurore, on le verra paraître
» Plus brillant et plus beau qu'il ne le fut jamais.
» Oiseaux de la forêt et chantres du bocage,
» Pour un jour délaissez vos taillis, vos bosquets ;
» Vos nids d'amour et votre frais ombrage,
» Demain, au point du jour, que tous vous soyez prêts
» A porter au Phénix vos vœux et votre hommage. »

Sur un riant coteau doré par le soleil,
Qui célébrait lui–même un magique réveil,

Le lendemain, resplendissant de gloire,
D'éclat et de beauté, le Phénix apparut.

    « Victoire ! victoire ! victoire ! »
    Tel fut le triple salut
Que poussa des oiseaux la foule frémissante.

    Et puis chacun vint tour à tour
Exprimer, d'une voix plus ou moins éloquente,
Tout le ravissement causé par un retour
Qui du peuple de l'air couronnait l'espérance.

    Les regrets de mille ans d'absence
    Étaient effacés en un jour.

Quelques oiseaux pourtant au cœur bon et sensible,
Jetant sur le Phénix un regard douloureux :
« Plaignons-le, disaient-ils, il sera malheureux :
» Pour un jour de bonheur, toute une vie horrible !
» Car, seul de son espèce, il ne vit qu'à demi,
» Puisqu'il n'a point d'épouse et qu'il n'a point d'ami.

LE MIROIR.

A MADAME AURÉLIE C......

Une fillette, enfant au dix printemps,
Au fin minois, à la taille bien prise,
Fraîche comme la fleur que caresse la brise,
Vers le déclin du jour courait à travers champs.
Elle effleurait dans sa course rapide
La Marguerite timide,
Dont la blanche corolle à demi se fermait,
Le myosotis, la pervenche,
Et le bluet
Qui sur sa tige se dressait,
Comme un bel oiseau bleu perché sur une branche.

Le long de la prairie où folâtrait l'enfant,
Coulait d'un ruisseau l'onde pure,
Véritable miroir, fidèle transparent,
Qui, dans son cadre de verdure,
Saisit un point de la nature
Pour en faire aussitôt un tableau ravissant.

Agile comme une gazelle,
    La folle enfant tentera-t-elle
De sauter sur le bord opposé du ruisseau?
    De ce côté tout est frais, tout est beau.
Des verts gazons les nappes plantureuses
Promettent tant d'essor à ses courses joyeuses,
Qu'elle va s'élancer..... Mais un objet nouveau
Fixe ses pieds au sol et sur l'onde sa vue ;
    De joie alors la voilà tout émue.

    A la surface du courant
    Vient d'apparaître un visage charmant,
    Dont les yeux bleus, la chevelure blonde,
        Scintillent et brillent dans l'onde
        Comme le plus fin diamant.

    A ce frais, ce joli visage,
    La petite fille sourit,
    Et sur les lèvres de l'image
    Un sourire s'épanouit ;
Elle souffle un baiser sur ses beaux doigts de rose,
Et l'image aussitôt par un baiser répond ;
Elle saute, gambade, avec grâce se pose,
Même geste dans l'eau, même saut, même bond.

Puis, tout à coup, une métamorphose
    S'opère chez la folle enfant :
    Plus de bonds, plus de mouvement,
    Plus de sourire au frais visage !
Les rubans, le corset, le jupon de l'image,
    Ont et la forme et la couleur
    Avec la grâce et la fraîcheur
    De ceux qu'elle porte elle-même.
    Sa surprise devient extrême,
Car elle a découvert le secret du miroir.

    Dès lors l'enfant ne songe qu'à se voir,
    Qu'à se mirer ! Mais les ombres du soir
      Déployant leurs longs voiles,
Et dans l'air étendant leur vaporeux manteau,
      Ce sont à leur-tour les étoiles
      Qui viennent se mirer dans l'eau.

Qu'importe à la fillette un mirage splendide,
Les mobiles tableaux que fait l'ombre rapide,
Le feuillage agité qui bruit doucement,
      Et dont la simple mélodie
      Vient se mêler à l'harmonie
De l'onde qui serpente et s'écoule en chantant.

Ce qu'elle veut, c'est l'image fidèle
Qui la rendait heureuse en la faisant si belle,
Et dont l'ensemble charmant
A fui comme une ombre légère.

Tout à coup, rouge de colère
Arrachant de saule un rameau,
Elle en fustige le ruisseau,
Et l'onde qui coulait claire
N'est plus qu'un limon épais.
Adieu donc, adieu belle image !
Adieu miroir si limpide et si frais !

Depuis quelques moments à travers le feuillage,
Qu'un vent frais balançait au-dessus du ruisseau,
Deux yeux étaient fixés tantôt sur le cours d'eau,
Tantôt sur la fillette, ou mutine ou volage.

Du cœur aimant fidèle expression,
Ces yeux, on le devine, étaient ceux d'une mère.

Celle-ci, de l'enfant observant la colère,
Y trouva l'à-propos d'une sage leçon.
Elle prit en ses bras sa fille bien-aimée :

« — Tu pleures, lui dit-elle, une image effacée,

» Par ton dépit, ton courroux enfantin.

» Si, — cela me paraît maintenant impossible,

» — Le cours de ce ruisseau redevenait paisible

» Et pur, et transparent, tel qu'il sera demain,

     » Au lieu de t'y revoir, ma fille,

     » Aimable, rieuse et gentille,

» Tu verrais, dans ses eaux, apparaître un enfant

     » Aux yeux rougis, à l'air dur et méchant.

» La colère rend laid le plus charmant visage.

     » Le bon, ma fille, est toujours beau.

     » Sois douce, bonne, et du joli ruisseau

» Tu pourras chaque jour consultant le mirage,

     » L'interroger au moment du réveil,

» L'interroger encore au moment du sommeil.

» Si le calme du cœur embellit ton visage,

» Si l'eau le reproduit aussi frais que vermeil,

» C'est que durant le jour, aussi bonne que sage,

» Ma fille de sa mère a suivi le conseil.

ERREUR DU DÉVOUEMENT.

———

Le pélican, voyant que sa jeune couvée
   Par la famine allait être éprouvée,
   Dans un élan sublime et merveilleux,
De son bec recourbé déchirant sa poitrine,
Abreuva ses petits de son sang généreux.

Un aigle l'avait vu de la roche voisine :

   « — Le trait d'amour dont sont frappés mes yeux,
   » Bon pélican, est, dit-il, admirable ;
   » Mais ton erreur, hélas ! est déplorable,
  » Car je vois sous ton aile, avec les tiens mêlés,
  » Les petits des coucous au partage appelés. »

Et l'aigle disait vrai : les coucous, race indigne,
   Avaient, par une ruse insigne

Jusqu'alors inconnue aux plus grands malfaiteurs,
Aux œufs du pélican substitué les leurs.

C'est ainsi qu'aux dépens d'une noble existence,
Prospère des méchants la misérable engeance.

A CHACUN SON LOT.

————

« — Pourquoi ce long travail, cette ardeur et ce zèle? »
        Disait à la fourmi
        Une jeune hirondelle.
« — Nous ne faisons jamais les choses à demi, »
        Répondit notre travailleuse,
        « Et pour la saison rigoureuse,
        » Dans les beaux temps nous récoltons.

« — Je saurai profiter de ces bonnes leçons, »

        Reprit à son tour l'hirondelle,
        Et la voilà battant de l'aile,
        Effleurant bassins et ruisseaux,
Et transportant au nid mouches et vermisseaux.

« — A quoi bon tout cela ? lui dit alors sa mère. »

« — A quoi bon ? Mais vraiment pour l'arrière-saison :

 » N'est-ce pas contre la misère

 » Une sage précaution ?

» — Ce qui convient à l'un ne convient pas à tous ;

» Laisse aux fourmis, ma fille, un excès de prudence,

» Nature à l'hirondelle a fait un sort plus doux.

» Elle naît, elle meurt au sein de l'abondance.

» Dès que l'été finit, en hâte nous partons ;

» Au loin, de chauds climats nous attendent encore ;

» Le sommeil nous attire ; et nous nous réveillons

» Quand d'un autre printemps vient de naître l'aurore. »

UN SONGE.

Le soleil descendait splendide et radieux,
Embrasant l'horizon de l'éclat de ses feux.
Des flots de pourpre et d'or, montagnes lumineuses,
Étalant sur l'azur leurs formes vaporeuses,
Et de brillants reflets profilant les coteaux,
Déroulaient aux regards de magiques tableaux.

Le ruisseau qui fuyait à travers les prairies,
Murmurait doucement sur ses rives fleuries,
Et son onde limpide aux gracieux replis,
Scintillait comme l'or, la nacre et le rubis.
Le doux bruissement de la verte ramée,
Chantait sa mélodie à l'oreille charmée.
Le moment approchait où la clarté s'enfuit,
Où ce n'est plus le jour, et ce n'est pas la nuit;
Où l'air est imprégné de balsame et d'arôme.

Sous des arbres touffus qui se courbaient en dôme,
Arbres aux longs rameaux, aux panaches fleuris,
Promeneur attardé loin des murs de Paris,
Je marchais lentement, et ma course incertaine
Mesurait le vallon ou mesurait la plaine.

Maître de ralentir ou de hâter le pas,
De rêver à loisir ou de ne rêver pas ;
De moduler tantôt de joyeuses paroles,
Tantôt de me bercer d'espérances frivoles,
Je goûtais à loisir sous ces ombrages frais
Le calme de l'esprit qui du cœur est la paix.

Éloigné du torrent où bouillonne la vie,
Où l'orgueil roule à flots, où surnage l'envie,
Où l'humble nautonnier, intrépide rameur,
Combat, sans les dompter, les vagues en fureur,
Sur un sol émaillé dont la riche parure
Étendait à mes pieds ses tapis de verdure,
Avide, j'aspirais en mes ravissements
Le souffle parfumé qu'exhale le printemps.

Le floréal encens que la brise légère,
Pour embaumer l'espace enlevait à la terre,

Les senteurs de la plaine et les senteurs des bois,
Saisissant mes esprits et mon âme à la fois,
J'éprouvai les effets d'une indicible ivresse,
Mes genoux chancelants trahirent ma faiblesse,
Et bientôt succombant aux efforts du frisson,
Je tombais étendu sur un épais gazon.

Bientôt d'un long sommeil la puissance invincible,
M'offrit de visions une suite terrible ;
Aux doux bruissements, aux sons harmonieux,
Succéda la fureur des vents impétueux.
Ce n'était plus l'essor de la brise embaumée,
Qui d'un souffle léger caressait la ramée ;
D'éléments déchaînés c'était l'horrible bruit,
Que rendaient plus affreux les horreurs de la nuit.

Quelquefois cependant, lueurs sombres et pâles,
De soudaines clartés, à de longs intervalles,
Me permettaient de voir sous leurs blafards rayons
Les vaporeux lointains de sombres horizons.
Mais le courroux des vents au calme faisant place,
Des torrents de lumière inondèrent l'espace.
Le soleil reprenant un essor glorieux,
Élevait sur l'azur son disque radieux.

Foyer resplendissant, dans sa course rapide,
Il chassait les brouillards et la vapeur humide ;
Il déroulait enfin sous mes yeux enchantés,
D'une immense tableau les sublimes beautés.

Les épis d'or des blés, en balançant leurs têtes,
Assuraient aux moissons de faciles conquêtes ;
La grande herbe tombait sous la main du faucheur,
Et verdissait ensuite avec plus de fraîcheur ;
Les arbres des vergers, aux vigoureuses branches,
Se courbaient sous les fruits promis par leurs fleurs blanches ;
Sur le flanc des coteaux le pampre jaunissait,
Et la grappe vermeille en hâte mûrissait ;
Les troupeaux, suspendus au penchant des collines,
Paissaient tranquillement, et des forêts voisines
Le chantre aérien, dans ses concerts joyeux,
Chantait la liberté qui le faisait heureux.

De mille travailleurs la plaine était couverte ;
L'enfance, l'âge mur, la vieillesse encor verte,
Chacun prenait sa part à l'incessant labeur
Qui donnait à chacun la paix et le bonheur.
Quand le déclin du jour aux teintes empourprées,
Imposa le repos, en des hymnes sacrées,

On entendait les voix de ce peuple pasteur
Célébrant du Très-Haut la gloire et la splendeur.

Hélas ! de ce tableau le magique mirage
Passa comme l'éclair qui précède l'orage.
Je ne revoyais plus les plaines, les coteaux,
Les fertiles moissons, les paisibles hameaux !
On eût dit qu'un volcan, dans sa course effrayante,
Les avait engloutis sous sa lave brûlante ;
Que le sol retourné par les vents en fureur,
Avait cédé partout au fléau destructeur.
Au lieu des airs sacrés chantés par des voix pures,
Retentissaient le choc et le bruit des armures,
Car le peuple pasteur, peuple laborieux,
Devenu promptement un peuple belliqueux,
De ses socs de charrue avait forgé des armes!
Partout les cris de guerre et le cri des alarmes !
Un sang noir ruisselait dans les larges sillons
Creusés pour recevoir le germe des moissons ;
Et d'un engrais humain redoutant la souillure,
La terre refusait aux corps leur sépulture.

De cet horrible aspect, de ce tableau hideux,
Je cherchais vainement à détourner les yeux ;

Mais semblable au vautour de tortures avide,
Le songe, spectre affreux, tourmenteur intrépide,
Imposait sans relâche à mes ternes regards
Des combats meurtriers les périlleux hasards.

La mêlée et les cris, et le choc des batailles,
Les mourants et les morts, les tristes funérailles ;
Les vaincus atterrés, les guerriers triomphants,
Et les captifs courbés sous leurs anneaux pesants ;
Le sol jonché partout du débris des armures,
Les cadavres troués de béantes blessures ;
Tels étaient les tableaux dont l'aspect infernal,
Toujours se succédait dans un ordre fatal.

Ce retour incessant de luttes homicides,
Cet éternel tableau de combats fratricides,
Pourquoi les imposer à mes sens éperdus,
Si les vainqueurs du jour sont demain les vaincus ?

Et cependant, enfin! dans la grise pénombre,
Sur des plans élevés et sous un ciel moins sombre
Mes yeux entrevoyaient de plus frais horizons.
D'une douce clarté les mobiles rayons,

Dessinant sur l'azur le contour des coupoles,
De la fraternité me montraient les symboles ;
Et plus ils s'étendaient, plus leur éclat vermeil
Du calme de mes sens amenait le réveil.

Oh ! je ne dormais plus étendu sur la terre !
Debout, je me tenais près d'un riche parterre,
Où se trouvaient la veille avec art réunis
Et les rosiers touffus et les touffes de lis.

Hélas ! durant la nuit, jouets de la tempête,
Les roses et les lis avaient courbé la tête,
Tandis que pleins de sève, au sein de leurs débris
Se dressaient la pensée et le myosotis.

FIN DES APOLOGUES.

NOTES ET VARIANTES.

LIVRE II, page 45, au lieu de :

> Tandis que chez Bouquin, de la gueule à la tête,

Lisez :

> Tandis que chez Bouquin, de la queue à la tête.

— page 53, au lieu de :

> » Je ne te prendrai point pour remplacer mon chien. »

Lisez :

> » Sous des dehors trompeurs, tu caches un vaurien. »

LIVRE III, page 72, après ce vers :

> La grive et la mauviette,

Lisez :

> Le pinson et l'alouette.

LIVRE IV, page 99, au lieu de ces deux vers qui terminent l'apologue la *Solidarité* :

> » C'est parce qu'ici-bas, le grand et le petit
> » Chacun de l'autre est solidaire. »

Lisez :

> » C'est qu'ici-bas, le grand ou le petit
> » Est l'un de l'autre solidaire. »

Et plus haut, dans la même page, au lieu de :

> » Du sol par qui tu vis n'est-tu pas tributaire ?

Lisez :

> » Du sol par qui tu vis n'es-tu pas tributaire ?

Livre iv, page 100, au 8ᵉ vers, au lieu de : atlhète courageux ; lisez : athlète courageux.

TABLE DES MATIÈRES.

LIVRE TROISIÈME.

LIVRE QUATRIÈME.

LIVRE CINQUIÈME.

LIVRE SIXIÈME.

LIVRE SEPTIÈME.

FIN DE LA TABLE DES MATIÈRES

SCEAUX. — IMPRIMERIE DE MUNZEL FRÈRES.